文創風 871

厲害了，娘子 下

熹薇 著

目錄

第三十一章 人沒回來

秦無雙回過頭，繼續吹著自己的小曲兒前進。

就在這時，突然聽見後方「噗」的一聲——

秦無雙轉頭一看，只見白衣人猛地噴出一口鮮血，然後從馬背上滾了下來，「咚」地一聲悶響，摔在了地上。

黑衣人立即跳下馬，單膝跪在地上焦急地喊著。

秦無雙皺了皺眉，思索了一番，最終決定不能見死不救，便命蕊朱停下，扶她從牛背上下來，一跛一跛地走了過去。

黑衣人用一種秦無雙聽不懂的語言不停地對白衣人又喊又搖的，白衣人卻躺在地上閉目不動，嘴角還殘留一絲血跡。

秦無雙上前道：「我是大夫，讓我看看。」

黑衣人抬頭看了她一眼，似聽懂了她的話，忙向一旁讓開。

秦無雙跪坐在地上，抬起白衣人的手腕搭起脈來，過一會兒，掀開白衣人的眼皮瞧了瞧，又抓了另一隻手腕把脈，這才問黑衣人。「這位公子可是經常無故吐血？」

黑衣人聽了，點頭如搗蒜。「是，我家主人經常吐血。」

原來會說中原話，秦無雙放下那人的手，道：「你家主人患的應該是血厥之症。」

血厥之症，乃血逆肝風內動、肝陽上亢、血氣逆湧引起的昏厥，只要及時醫治，並不致命。只是患血厥之人，要麼血氣不足，陰鬱寡歡；要麼肝火旺盛，暴躁易怒。

但秦無雙觀其面相，覺得此人並非陰鬱或暴躁之人，再度其脈象，猜測此人應是自小底子弱，或是自幼受了什麼嚴重驚嚇落下了病根所致。

若是如此，倒是個可憐人。

黑衣人立刻跪地拱手道：「求大夫救救我家主人。」

秦無雙點了點頭。好在她隨身帶有針囊，便取了幾根銀針出來，迅速在白衣人的人中、十宣等穴位下了幾針。

不多時，白衣人幽幽轉醒，睜眼瞧見秦無雙就在面前，怔了一下，隨後聽見黑衣人高興地喊道：「主人，您醒了，是這位小娘子救了您。」

秦無雙起身，後退一步而立。

白衣人欲起身，黑衣人連忙搭手扶他站了起來。

白衣人向秦無雙拱手，溫和地笑了笑，道：「多謝姑娘救命之恩，在下蕭統佑，字仲南，敢問小娘子芳名？」他的聲音一如他的面相，好似微風振簫，悅耳動聽，讓人覺得十分舒服。

秦無雙道：「舉手之勞而已，公子無須記掛，告辭。」說完，轉身就走。

蕭統佑喊道：「小娘子留步。」

秦無雙回身看著他，微微蹙眉。

蕭統佑低頭看向秦無雙的右腳，問道：「我見小娘子行動不便，可是傷了腳？」

秦無雙動了動掩在裙裾下的腳，道：「下山時，不小心扭了。」

「小娘子若是不嫌棄，仲南願意送小娘子回城去。」

「不必了，我有水牛。」秦無雙立刻拒絕了。

蕭統佑道：「小娘子有兩位，卻只有一頭牛，且水牛腳程慢，若是以妳們目前的速度，即使到了城，恐怕城門也已關閉多時了。」

這也正是秦無雙擔心的地方，若是她腳未受傷，以她們的腳速，只要走快些，應該能在城門關閉前趕到。現在雖有牛，但這牛走走停停又吃吃，加上蕊朱玩性大，半天也沒走多少路。

可是讓兩個陌生男子送她回城，那也是不能的。

她心裡正糾結，又聽見蕭統佑建議道：「不如，我用這兩匹馬換小娘子的牛，如何？」

秦無雙當即反駁。「這怎麼使得？」

蕭統佑笑著說：「小娘子救了我的命，區區兩匹馬就能替我報恩，這是仲南的榮幸，還請小娘子莫要推辭。」他的話裡有一股外柔內剛的堅定，卻又不致人反感，明明只是初見，卻能讓人卸下防備，願意接受他的好意。

秦無雙垂眸猶豫了一下，便笑著拱手道：「那就恭敬不如從命，多謝。」

蕭統佑轉身牽來白馬，秦無雙跨上馬時，蕭統佑伸手虛扶在秦無雙身後以防她跌落，在她坐定之後便悄無痕跡地收回了手，又將韁繩遞給秦無雙。

秦無雙接過韁繩，朝他感激一笑。「告辭！」

蕭統佑後退兩步站定，彬彬有禮地對秦無雙拱手笑道：「後會有期。」

另一頭，黑衣人已經扶著蕊朱上了黑馬，送到秦無雙身邊。

主僕二人相互點了下頭，便縱馬去了。

蕭統佑駐足靜立，目送秦無雙漸行漸遠的背影，一直到消失在路的盡頭。

烏雷把水牛牽到蕭統佑面前道：「主人，您把馬給了她們，咱們怎麼辦？上京那邊還等著咱們趕回去呢。」

蕭統佑這才收回視線，笑著撫摸著水牛的頭，道：「不妨事，過了玉枕關有間客棧，到時候向客棧借兩匹馬連夜趕回去。」

烏雷滿臉擔憂。「可主人方才舊疾復發，就這麼連夜趕回去，烏雷怕您的身子吃不消。」

蕭統佑撫牛的手微微一頓，好看的眉峰微蹙起來，略一沈吟。「我那叔父疑心重又喜怒不定，絕不能在這個時候遭他猜忌。放心，方才……我只是沒控制住，眼下已無大礙了。」

烏雷嘆了一口氣，然後轉頭看向水牛，無奈道：「那這頭牛怎麼辦？」

蕭統佑愉悅地說：「自然是帶回去，好好養著。」

秦無雙甫一縱馬，就察覺這匹白馬乃是一匹難得的千里良駒。蕊朱的黑馬雖不如這匹白馬，卻也能跟上她的速度。

有了這兩匹馬，不到申時她們就回到了城裡。

在玉枕關時，秦無雙就有了初步想法，一路回來，她不停地思索，終於想到了一個絕佳的創業點子——那就是，開一座牡丹花圃。

祁宋人，好遊、好玩、好茶、好花、好美景，尤其鍾愛鮮花，無論是達官貴人還是士庶商民，家家戶戶必會養幾株花，更別說那些簪花、插花之風了。

而在這些花中，祁宋人尤愛牡丹。

都說牡丹真國色，除了美，更是一種身分的象徵，那些達官貴人、風流雅士更是以懂牡丹之美來彰顯自己別具一格的品味。

因牡丹分品階，品階越高越受貴族喜愛，只是品階高的牡丹極難種植，物以稀為貴，這樣的牡丹自然成了有錢也買不到的珍稀品。

現今市面上幾乎全是下品階的牡丹花鋪，少數上品階的牡丹花鋪也已全被富貴人家包下了，尋常人根本難得一見。

她曾在《洛陽雜記》中看過一則故事，故事裡的女主人方氏是一位專門種植牡丹的花農，一日方氏的牡丹園子裡突然長出一株非常罕見的花，「色如鵝雛而淡，其面一尺三、四寸，高尺許，花瓣重疊，層層復層層，大如美人臉盤似的」。後來經人鑒定，原來是一株奇品野生牡丹「姚黃」，在其花柱之端，有金粉一暈縷之，其心紫蕊，亦金粉縷之。那方氏頗具經商頭腦，便以竹籬將其方圓三丈全圍住，做棚屋幔帳，又找人廣而告之，不久以後，愛花之人慕名而來，以求觀賞。方氏便在棚屋外設人收費，給以千錢才能入內一觀，十日間，竟得銀錢千百兩。

秦無雙從中受了啟發，便想開一座牡丹花圃，一座品種齊全、獨樹一格的牡丹花圃，有價觀花。

這個想法頓時讓她熱血沸騰，一下子充滿了幹勁。

於是，進城之後，她不打算立即回府，而是去了馬行街腳店，打算在腳店裡歇一夜，待次日一早直奔馬行街上的花行察看牡丹的市場行情與動向，順道打聽牡丹的養殖上家。

牧斐將秦無雙主僕扔在玉枕關後，就帶著安平返回城內，又遣人去了忠勤伯府和安西郡王府邸，找了段逸軒與謝茂傾到白礬樓一聚。

三人久未見面，一見面差點抱頭痛哭，便立即點了一桌好酒好菜，又點了幾名優伶與姿色絕佳的官妓過來陪酒。

酒過數巡後，頓時忘乎所以，哪裡還記得玉枕關上的秦無雙？

是夜，牧斐醉醺醺地回到紫竹院，芍藥等一眾丫頭手忙腳亂地替他脫衣脫鞋，牧斐倒床就睡，連伺候他洗漱都來不及。

過了一會兒，安平突然緊張兮兮地闖了進來，看了床上的牧斐一眼，向芍藥問道：「小官人怎樣了？」

芍藥一臉無奈道：「醉糊塗了，臉都沒洗呢。」

安平焦急地直跺腳道：「糟了，老太君那邊打發人來問，為何只見小官人回來，未見秦小娘子回來？」

芍藥道：「也是，為何只有你們回來，秦小娘子她們呢？」

安平不安道：「唉！都是小官人鬧的……這麼晚了，小娘子和蕊朱還沒回來，眼下可如何是好？」

芍藥聽得一頭霧水，正要繼續問下去。這時，躺在床上的牧斐，迷迷糊糊中聽見他們在談論秦小娘子，突然坐了起來，似醒非醒地睜開眼睛，問：「秦無雙怎麼了？」

芍藥見牧斐醒了幾分，忙在一旁說：「秦小娘子和蕊朱到現在還沒回來呢。」

牧斐一聽，嚇了一跳，總算是徹底驚醒了，忙問：「現在什麼時辰了？」

芍藥答：「現在亥時初了。」

牧斐皺眉喃喃道：「不應該啊，這兩人就算徒步走回城，也該在日落前到了啊……」他可是算好了腳程，篤定她們能趕在城門關閉前回來的，轉念又一想，莫不是回來遲了，被關在城門外了？

他忙對安平吩咐道：「你去找二叔，讓他去北城門問問，看看秦無雙是不是被關在城門外了，若是，就讓他使些銀子，找城門吏通融一下，然後接回來。」

「是。」安平一溜煙去了。

牧斐酒醒了，便再也睡不著了。他下了床，重新穿好衣裳，在房間裡走來走去的。一炷香後，安平急匆匆地回來了。

牧斐抓住他就問：「怎麼樣了？」

安平答：「問過了，北城門外不見一人。」

牧斐一聽，頓時慌了神。

第三十二章　殘片

安平在一旁不安地猜測道：「小官人，莫不是秦小娘子她們……在路上出了意外？」

牧斐啐道：「別他娘的胡說！她、她那麼厲害，誰敢欺負她？」

心下正七上八下，忽聞外面傳來急促的腳步聲，牧斐忙從屋裡鑽出去一看，是一眾人簇擁著牧老太君進來了。

「祖母，大半夜的，您怎麼來了？」

牧老太君沈臉道：「我問你，無雙呢？」

牧斐心虛地答：「我、我也不知她在哪裡。」

牧老太君指著牧斐質問。「明明你們一道兒出去的，怎麼會不知道她的下落？是不是你又使了什麼壞？」

牧斐只好坦白了一部分道：「我與她出城之後，便各玩各的了……」

牧老太君急道：「你呀！若是無雙出了什麼事，看你怎麼跟秦家交代！」說完，忙對門外喊了一聲。「懷江。」

牧懷江從門外走進來恭敬地問：「母親有何吩咐？」

「快點些人手，你親自帶著出城去找。」

牧懷江猶豫了一下，道：「母親，如此恐怕不妥。」

「有何不妥？」

牧懷江解釋道：「一來，牧家興師動眾地出城尋人，恐怕用不了多久，滿城人都知道秦家小娘子丟了，到時候人云亦云，恐壞了秦小娘子的名聲，且城門吏未必會放人出去；二來，天色已晚，出城尋人猶如大海撈針，只怕沒用；再者，以秦小娘子的穩重沈著，定不會輕易將自己置於險境。不如，待天亮，若還是沒回來，再派人去尋也不遲。」

牧老太君長嘆一聲道：「唉，也只能這樣了……」又再三囑咐他。「待天一亮，倘若人還沒回來，務必盡快尋人。」

牧懷江應了聲。「是。」

臨走前，牧老太君狠狠點了點牧斐的額頭。「無雙要是有個三長兩短的，小心你的皮！」

牧老太君前腳才走，牧斐後腳便衝回房裡，扯了一件大毛衣披上就往外走。

安平追在後面直喊：「小官人，您這是要去哪兒？」

「我要親自去北城門等她。」說著，直奔馬廄，牽了他的坐騎，翻身上馬，奔入了夜色之中。

安平急急忙忙解了一匹馬，也跟著追了上去。

北城門的城牆下，兩匹馬一前一後靜立著。

安平縮在馬背上，冷得直打哆嗦，他一面搓著手，一面向牧斐說道：「小官人，這春寒怪冷的，不如您先回去，小的在這裡等著。」

牧斐眼睛眨也不眨地看著城門道：「是我把人弄丟的，該我等。」

安平想了一下，又道：「那小的現在回去給您叫輛馬車來，您在馬車上等著吧。」

牧斐抬頭看了一眼天色，搖頭道：「不必了，天快亮了，你先回去告訴二叔，說我在這裡等，讓他們別擔心。萬一沒等到秦無雙，我就先出城去找，到時候讓他帶人與我在城外會合。」

安平還是擔心牧斐凍著，嘴上答應了，心裡卻想著還是回去弄輛馬車來，要是找著了秦小娘子她們，有馬車坐也是好的，便先掉轉馬頭回去了。

此時的牧斐高踞在馬背上，看著沈沈夜色裡正在打瞌睡的城門吏，心中七上八下的，很是不安。他原本只是想戲弄一下秦無雙，以報平日被她壓制之仇，沒想到竟然把人搞丟了，心裡只祈禱秦無雙千萬別出事才好。

好不容易等到天亮，城門吏終於打開了城門。

牧斐候在城門內，看著絡繹不絕入城的百姓，等了一會兒，並無秦無雙的影子。

他越發不安起來，再也等不下去了，便一夾馬肚往城外衝去。

甫一出城門，就有一股似曾相識的感覺油然而生。

他愣了愣，不明所以。

突然間，他的耳邊響起了一道十分熟悉的聲音。「茵茵，別怕，我這就帶妳走。」猛地一聽，竟像是自己的聲音。

牧斐心口遽然一跳——茵茵，是秦無雙的乳名。

他急忙提韁勒馬，四下掃了一眼，四周並沒有人——那又是誰用他的聲音喊著秦無雙的乳名？

這一瞬間，似有什麼東西在他腦海裡翻來覆去、呼之欲出，弄得他暈頭轉向，可就是看不清到底是什麼，只聽見有人一直在他耳邊交替著、重疊著、顛來倒去地說著話。

「牧斐，你莫不是瘋了？」

這聲音……

「我沒瘋，我很清楚自己在做什麼。」

牧斐搖了搖頭，以為自己出現幻聽，可耳邊的聲音總是時遠時近地圍繞著他，他似乎還聽見秦無雙在喊在哭。

「牧斐，你快將我放下……」

「牧斐，你明知道這樣做根本救不走我。」

他抱著頭，眼前的景象翻天覆地的亂晃，他似乎看見很多支箭從身邊呼嘯而過，又感覺懷裡有什麼人，低頭一看，卻只有自己，他還聽見耳邊嘈雜的喊聲中混雜著咻咻的箭聲……

「我這是怎麼了？」牧斐捂住胸口，緊閉雙眼，顫抖個不停。

不知過了多久，耳邊的喧囂才逐漸平息。

他緩緩睜開眼，清晨的城門外，陽光和煦，進城的人們三五成群地走著，裝滿貨物的太平車軋軋地趕著，頭頂上吱吱喳喳地飛過幾隻黃雀，鼻端縈繞著春日的芳香。

這才是真實的景象，那方才似夢非夢的畫面究竟是什麼？

牧斐靜靜地停在路旁，許久也沒想出個所以然，只是心口處不知為何隱隱作痛著。這種痛楚在他想到秦無雙的臉時，變得越發清晰。

秦無雙！

他不敢耽擱，策馬向前，直奔玉枕關。

一路上，他不放過一人一馬，一直尋到玉枕關，卻是一無所獲。

他站在玉枕關上，看著茫茫天地，心裡無端生出一股絕望，那種絕望痛得他想哭，他不明白自己到底怎麼了？

心裡翻來覆去的只剩下一個念頭，就是一定要找到秦無雙。

收拾好情緒，牧斐從玉枕關離開，原路返回。

半道，遇見來尋人的牧懷江人馬。

牧懷江見是牧斐，忙迎上來問：「斐兒，可有找到人？」

牧斐沮喪地搖了搖頭。「沒有。」

牧懷江皺眉思索了一番，猜測道：「興許是已經回城了。」

牧斐反問。「回城了為何不回牧家？」

牧懷江瞅了他一眼。「那就要問你了，你對秦小娘子做了什麼？」

牧斐低著頭，一臉愧疚自責道：「我、我把她丟在玉枕關了。」

牧懷江聽了，急道：「糊塗！她一個女孩子，你把她丟在荒山野嶺，是成心想害死她啊！」

「我沒有！」牧斐辯解道：「我只是氣不過，想教訓教訓她而已。」

牧懷江搖頭嘆氣道：「唉，別說了，找人要緊。」

牧斐突然想起什麼，忙說道：「秦家，對，秦家，她應該是回了秦家。」

牧懷江道：「秦小娘子已經是過了牧家門的人了，若在娘家夜宿，秦家的人出於禮貌定會知會牧家一聲。」然而，昨夜根本沒有秦家的人來報。

「那她還能去哪裡？」

牧斐焦急萬分，忽然靈光一閃，想到了秦家藥行。

「牧二叔，麻煩你遣人去秦家藥行打聽一下，看有沒有秦無雙的消息，我去朱雀門正店問問，若是得了消息，就遣人去正店找我。」

牧懷江點頭道：「好，就這麼定了。」

一大隊人馬，又急匆匆地往城裡趕。

秦無雙與蕊朱在馬行街的花行足足轉了一整日，各種花品、花價、花市的行情，俱已被她摸清七、八分了。

正如她所料，花行裡有的都是普通的下品牡丹，上品牡丹極少見，就是有也不給外人看，都是富貴人家定下了的。

如此一來，她開牡丹花圃的想法越發明確了。

臨走前，她經過一家牡丹花店，看見門外擺著幾盆品相不錯的牡丹，其中有一盆玉璽映月開得格外好，而她爹秦光景最喜歡這個品種，心裡便想著買一盆送到秦家去。

剛要過去詢問價格，突然聽見身後有人朝她大喊了一聲。「秦無雙！」

她冷不防被嚇了一大跳，回頭一看，竟是牧斐一身風塵僕僕的站在她後面不遠處。

她訝然道：「你怎麼來了？」

牧斐緊緊盯著她，劈頭就問：「為什麼不回家？」

秦無雙挑眉。「家？哪個家？」

牧斐皺著眉頭道：「自然是牧家。」

秦無雙瞧他那一副興師問罪的樣子，垂眸自嘲地笑了一聲，向牧斐反問道：「牧家對我而言，是家嗎？」

牧斐一怔，說不出話來了。

原來，秦無雙從未將牧家當成過自己的家。也是，他們連婚約都是假的，當初還約好三年後如期退婚，秦無雙又怎麼可能把牧家當做自己的家呢？

這個事實讓牧斐莫名心慌意亂了起來，他只好看著秦無雙的眼睛，誠懇地說：「昨日的事情……是我對不住妳。」

聞言，秦無雙不敢置信地盯著牧斐。

此時的牧斐看起來就像一隻鬥敗的驕傲孔雀，終於肯收起花枝招展的羽屏，乖乖在她面前低頭認錯了——委實難得。

她淡淡道：「你知道就好。」說著，微微俯身，隨手去撥弄那些花兒。

一旁的蕊朱自從見了牧斐後，一雙杏眼恨不得把他的臉瞪個洞出來，早已憋了一肚子火氣。

此刻，她終於忍不住控訴道：「小官人，奴婢有句話不得不說，您也太過分了！您怎麼能把小娘子丟在荒郊野外，您知不知道昨兒個有多危險，幸虧……」

「蕊朱。」秦無雙輕輕橫了她一眼。

蕊朱只好委屈地噘嘴不說話了，但仍猶自帶怨地瞅著牧斐。

牧斐急忙看向秦無雙。「昨兒個出了什麼事？」

「沒什麼。」秦無雙看也不看牧斐，只管對著店家喊：「店家，這盆玉璽映月多少錢？」

店家迎出來答：「三十兩。」

「我要了。」

「好。」

蕊朱去付帳，隨後店家將玉璽映月搬下來遞給蕊朱，蕊朱抱著盆栽回到秦無雙身邊，一張小嘴噘得老高。

「蕊朱，我們走吧。」說完，二人便往前面走去了。

見秦無雙主僕並沒有要回牧家的意思，牧斐忙攔在她們前面問：「妳們要去哪兒？」

秦無雙皺眉，語氣裡帶著一絲不耐煩。「我要去哪兒，與你何干？」

平日秦無雙一直對他都是清清冷冷的，他並未覺得有什麼不對勁，然而今日再瞧這副冷淡模樣，牧斐只覺得心裡堵得慌。「當、當然有干係，妳可是我過了門的未婚妻。」

秦無雙冷笑。「現在想起我是你過了門的未婚妻了？」

牧斐一聽，知道秦無雙肯定還在為昨日的事情生他的氣，他愧疚地低下頭，抬手拽了拽秦無雙的衣袖，輕輕搖了搖，然後用一種近乎撒嬌的口吻央求道：「昨日的事情我已經向妳道過歉了，妳能不能別……」

「不能。」秦無雙回答得毫不猶豫。

牧斐抬頭，臉色瞬間僵了。

第三十三章 賣乖

秦無雙懶得理會他，便與蕊朱繼續往前走。

才走了幾步，牧斐追上來問：「妳的腳怎麼了？」

她昨晚已經熱敷過，又上了藥，本已好轉了，只是逛了一整日花行，腳踝又腫了，走路時受傷的腳就只能少施點力，竟被牧斐察覺了。

「與你無關。」

牧斐見秦無雙不想理他，便拽住蕊朱低聲問：「小娘子的腳怎麼回事？」

蕊朱恨恨道：「還不是因為您把我們扔在玉枕關，小娘子下山時才不小心扭到了腳。」

牧斐聽了，又是心疼又是懊惱，只得快步追上秦無雙拉住了她，小心翼翼地說：「我揹妳吧。」

「不必了，我能走。」說完，秦無雙拂開牧斐的手，一跛一跛地往前走。

牧斐落在後面，一咬牙，疾步上前，一把打橫將秦無雙抱了起來。

秦無雙一時不防，被牧斐嚇了一跳，驚呼道：「牧斐你幹什麼？」

也不知道是怕自己後悔，還是怕秦無雙後悔，總之牧斐抱著秦無雙走得飛快，只管目視著前方，說：「都是我的錯，我抱著妳走，就……權當是我給妳賠禮了。」

秦無雙抿唇不說話了。

「妳說，妳想去哪兒？我送妳去。」

秦無雙默了半晌，道：「……秦家。」

走了不過半盞茶工夫，牧斐就已經累得氣喘吁吁、臉紅脖子粗了。

秦無雙窩在牧斐懷裡，反而悠哉地交叉起雙臂，盯著他的下巴，冷笑道：「沒那個屁股就別吃那個瀉藥，抱不動就趕緊放我下來。」

牧斐一聽，額頭暴出的青筋突突跳了幾下。「堂堂……男子漢，當然……抱、得、動。」說完，咬牙一用力，又將秦無雙托高抱穩了些。

安喜、安平老遠看見牧斐抱著秦無雙快步走來，立刻迎上前準備幫忙。

牧斐嫌棄道：「去去去，別動手，快把馬車拉過來。」

幾人又趕緊衝回去拉馬車。

一番折騰，總算上了車。

秦無雙一坐下，牧斐就蹲下來掀她的裙角。

「做什麼？」秦無雙攔住他問。

牧斐道：「我只是想看一下妳的腳傷得怎麼樣了？」

突然被牧斐這麼關心，秦無雙委實有些不適應，她收了手，將腳縮了一下用裙襬蓋好，道：「我是個大夫，自然比你懂，無須你關心。」

牧斐知道秦無雙這是不肯原諒他了，便低下頭，再次誠懇地道歉。「對不起，是我的錯，我不該故意把妳們丟在山上不管的，妳能不能別生氣了？」

其實這事秦無雙壓根兒沒有放在心上，她也知道牧斐壓抑了幾個月，此番帶她出來有多麼不情願，她本就準備出了城後各走各的，只是沒想到牧斐會把她帶到玉枕關上去。

老實說，她還要感謝牧斐，要不是因為見識到了玉枕關的美景，她也不會心生開牡丹花圃的念頭。

雖說牧斐今日親自出來找她，她很意外，但是牧斐也確實太不像話，若不給他點顏色看看，指不定下次還會幹出什麼更大膽的事情。

再者，她不知道還會在牧家待多久，如果牧斐再這麼任性下去，就算牧家能避過抄家大禍，也避不了敗家之命，她只希望能在離開牧家之前讓牧斐盡快成熟起來。

於是，她靠著車壁閉上眼睛，做出一副不想說話的疲憊之態。忙了一天，委實也乏了。

牧斐只好閉上嘴，靜靜地看著秦無雙。

到了秦家，看門的人一見是秦無雙回來了，連忙要往裡面通報。秦無雙喊住了他，道：「不用報了，我到三房待一會兒就走。」

那小廝便出來，殷勤地替蕊朱抱著牡丹花盆。

因小廝沒見過牧斐，故不知道跟在秦無雙身邊的俊美公子是什麼身分，只是不停地偷覷他。

秦無雙轉身對牧斐說：「我進去看望我爹娘，你就不必跟進去了。」

牧斐當即反對道：「這怎麼行呢？我好歹是秦家的女婿，既然都到了秦家大門了，怎麼能過門不入？剛好，我還沒有正式拜見過岳父岳母大人呢。」

說完，竟然自顧自地大搖大擺進門了。

一旁的下人們這才知道眼前這位俊美公子竟是秦家的新姑爺，忙有人悄悄地去告訴了秦老太太。

林氏正在餵床上的秦光景吃著藥，曹嬤嬤喜逐顏開地跑進來報。「喜事！喜事！老爺、夫人，五娘子回來了！」

「茵茵回來了？咳咳……」秦光景一聽，高興地連忙推開藥碗要起身。

林氏急忙放下藥碗，按住秦光景，勸道：「官人，你別激動，先躺著，我去接茵茵。」

正說著，秦無雙雀躍的聲音已在門外響起。「爹、娘。」

緊接著，人已經大步跨進了門內。

林氏欣喜地迎了上來。「茵茵，妳回來了。」

秦無雙笑盈盈地拉住林氏的手，道：「娘，我回來看你們了。」

秦光景激動地從床上坐了起來，朝秦無雙喊道：「茵茵啊，咳咳……」

「爹！」秦無雙臉色一變，急忙衝到床邊，拉住秦光景的手，上下打量一番，見他面色蒼白、眼色發青，擔憂地問：「您這是怎麼了？讓女兒看看。」說著，就要去診秦光景的脈。

秦光景笑著反握住秦無雙的手，阻止她診脈。「不礙事，不礙事，人老了，底子薄，不小心著涼了而已。」正說著，餘光忽然瞥見站在門邊的牧斐，眼神不由得一定。「那位是……？」

曹嬤嬤站在門內，正不停地覷著牧斐。

聽見秦光景問，牧斐這才大步走了進來，撩起衣袍，就地一跪，向秦光景夫婦分別磕了一個頭，然後長跪在地上，拱手道：「小婿牧斐，拜見岳父、岳母大人。」

見牧斐竟對她爹娘行如此大禮，秦無雙很是意外。

「你是……」秦光景看著地上的牧斐，一時沒反應過來，轉頭看向秦無雙求證。

秦無雙笑著點了一下頭。「爹，他就是牧斐。」

秦光景震驚地盯著牧斐說不出話來了，心裡也不知道在想些什麼。

牧斐便一直跪著。

林氏見狀，偈促上前，虛扶了牧斐一把道：「你、你先起來吧。」

牧斐依言起身，他這一起身，瞬間比林氏高出了一個頭。

林氏見牧斐生得俊美非凡，往那裡一站，玉樹臨風、氣質斐然，心裡暗暗替女兒高興，便命人道：「來人，奉茶。」說完，又向牧斐做了一個請的姿勢。「牧公子，請先坐下吧。」

「岳母大人不必客氣，小婿就在這兒站著。」牧斐抿著唇，笑咪咪地看著林氏，顯得十分乖巧討喜。

林氏道：「這怎麼行呢，你來就是客，怎有讓客人站著的道理。」

牧斐抬手親切卻不失恭敬地攏著林氏的肩，低頭說道：「岳母大人這就太見外了，小婿既然娶了無雙，那我們就是一家人，哪有把小婿當作客人的道理？還有，小婿姓牧名斐，字文湛，以後岳母大人只管叫小婿文湛，或者同小婿母親一樣，叫小婿斐兒也行。」

林氏一時不知該如何應對了，便越發顯得侷促了。

秦無雙沒想到牧斐賣起乖倒是挺有一套，只是他越賣乖，越發嚇到她娘了。便對林氏道：「娘，您就隨他的意，不必管他。」

牧斐鬆開手，朝林氏微微彎腰拱手，彬彬有禮到了極點。「岳母大人，您忙，不必管我。」

林氏只好回到床邊站著。

秦無雙見床頭小几上放著未喝完的藥，便端了起來。「爹，我來餵您吃藥。」

秦光景無奈道：「爹自己能吃。」

秦無雙撒著嬌道：「女兒好不容易回來，爹就讓女兒餵您一次嘛。」秦無雙撒起嬌來，聲音軟軟糯糯，聽著讓人心坎酥酥癢癢的，彷彿再硬的心腸在她面前都會軟化一般。

秦光景果然扛不住，只好笑著張嘴。

牧斐站在後面看著秦無雙一勺一勺的餵秦光景吃藥，粉面含春、香腮帶笑，那是一股發自內心的愉悅，悄無聲息地纏到了他的心坎上。

他趁隙打量了屋裡的陳設，總算明白秦家三房的處境了。

方才進這院子時，就注意到這院子又偏又遠，進了院子後，發現更是沒他的紫竹院一半大，好歹秦光景也是三房嫡子，住處竟如此之小。

再瞧屋裡的一應鋪陳，除了簾帳帷幔、陳舊桌椅、箱籠妝檯、書案藏書和牆壁的兩幅字畫，再無什麼貴重之物。屋子裡也只有一個瘸腿的嬤嬤和兩、三個土裡土氣的小丫鬟伺候著。

難怪秦無雙說她想掙錢，掙很多很多的錢，買一座大宅子，將她的父母接出去親自照料。

恰在此時，又有人來報。「老太太來了。」

話音才落，就聽見秦老太太的聲音從外面傳了進來。「聽說，牧家的小官人來了？」

秦無雙只好放下碗起身，與林氏走到門口迎接。

只見秦老太太被大房長子秦光明、嫡妻封氏、二房嫡妻周氏，還有秦無暇等一眾人簇擁著走了進來。

秦無雙欠身一一見禮道：「無雙見過祖母、大伯父、大嬸嬸、二嬸嬸、四姊姊。」

牧斐這時也來到秦無雙身邊，拱手作揖，跟著秦無雙喊人。「牧斐見過祖母、大伯父、大嬸嬸、二嬸嬸、四姊姊。」

老太太滿面春風地伸出雙手，抬了抬，樂呵呵地說道：「哎喲，快免禮了吧。」

牧斐率先起身，然後自然而然地扶秦無雙起了身，同時不著痕跡地握住了秦無雙的手，並肩而立，笑吟吟地看著眼前一眾人。

秦無雙下意識想抽回手，牧斐則暗暗使力，面上笑容不改，秦無雙只好順著他了。

秦家人皆是意味深長地看了眼二人緊握在一起的手。

老太太眼裡閃著精明的光，滿意地點了點頭。

三房的下人們看了自是滿臉喜悅。

只有封氏一家的臉色又酸又臭的。

尤其是秦無暇，眼裡嫉妒得發狂，她怎麼也沒想到這牧家小霸王不僅長得風流倜儻、英俊不凡，而且舉手投足間彬彬有禮，根本不像傳聞中的紈袴子弟。

老太太道：「小官人怎麼來了也不提前派人通知一聲，也好讓我們有所準備。」

牧斐微笑道：「說來慚愧，是無雙聽說岳父大人病了，一時著急，也顧不得其他就急匆匆地趕來了，牧斐失禮，竟連正式的拜見禮也未能及時準備，還望祖母見諒。」

老太太笑道：「你能親自前來已是很好，何須講這些虛禮。」說著，又向屋內走了幾步，看著秦光景問道：「景兒如何了？」

秦光景掙扎著要下床，一面咳，一面道：「多謝母親關心，兒子好多了。」林氏趕緊回身去扶。

「躺著吧，不必多禮了。」老太太示意讓他別動，秦光景只好又躺了回去。

「你就好好養著，其他的事不必操心。」

秦光景應了聲。「是。」

老太太轉身又看向牧斐道：「小官人，你好不容易來秦家一趟，不如去前廳坐一坐？」

「我既已拜見了岳父岳母大人，以後便會時常陪無雙回來看望兩老，自是有機會再見，今日就不必了。」這話表明他來秦家是因為秦光景夫婦，以後來也只是因為他們，而不是因為秦家。

秦家人一聽，彼此暗暗遞了眼神。老太太眸色略微一深，遂又笑著道：「你這孩子倒是孝順，既然人都已經來了，那就留下來吃了晚飯再走吧。」

牧斐轉過頭，拉了拉秦無雙的手，寵溺地看著她道：「這事得問過無雙的意思，我都聽她的。」

如此一來，秦家人頓時明白秦無雙在牧斐心中的地位不一般，看以後誰還敢看輕她。

秦無雙沒想到牧斐竟會當著秦家所有人的面替她撐腰，心裡一時很是感動，只是面上不顯。

她便與他裝作一副琴瑟和鳴的樣子，嬌聲嗔怪道：「你怎麼又忘了，昨兒個你可是已經答應老祖宗，說是晚上要陪她一起吃飯呢。」

牧斐一聽，喜上眉梢，抬手拍了拍腦袋，鳳目含笑地看著她道：「還是妳記性好，我都給忘了。」

秦無雙原只是想悄悄回來看一看父母，放了花就走的。

這下卻把整個秦府都驚動了，從祖母器重牧斐的態度看來，少不得又是一番應酬，這麼多人在，她根本無法與爹娘敘舊。今日她也累了，便提醒道：「時候不早了，我們也該回去了。」

牧斐略顯激動道：「好，我們這就回家。」

秦無雙回到床邊又對父母囑咐了幾句，這才離開。

秦家一眾人簇擁著老太太一直將秦無雙與牧斐送到了門外的馬車上，等馬車走遠了才進屋。

馬車上，秦無雙看著牧斐，真心地對他說了句。「方才，謝謝你。」

出府前，祖母雖然答應讓曹嬤嬤主持三房家計，但秦家中饋畢竟把持在封氏手裡，再加上那些下人捧高踩低，暗中剋扣為難總是避免不了的。而且爹一向清心寡慾，凡事不爭不搶、安於現狀，那些下人就越發不把他放在眼裡，曹嬤嬤也是沒有辦法的。

她看得出，爹娘過得並不好，心裡只期盼趕緊掙了錢買座宅子，好把爹娘接出來住。

但牧斐方才的態度，讓秦家人覺得他對她是在乎的，也看得出對她父母的重視，想必封氏以後再不敢過於怠慢她的爹娘。

「那妳可不可以別再生我的氣了？」牧斐噘著嘴定定地望著她，丹鳳眼裡竟有些委屈。

第三十四章　荒地主人

秦無雙注視著牧斐，原是想繃住臉，再晾他一陣子的。

誰知一對上他那委屈兮兮的眼神，一時破功沒繃住，笑開了。

——這臉色，委實擺不下去了。

牧斐見了，也笑開了。

二人便看著彼此笑。

馬車停下時，牧斐先起身，殷勤地扶著她，外頭早有一眾下人伺候著搬馬凳、掀簾子、接下車。

二人才跨進大門，老太君身邊的晴芳便迎了出來，看到秦無雙無恙之後，立即撫著胸口，鬆了一口氣道：「謝天謝地，你們可算回來了，都快把老太君急壞了，快過去吧，就等你們去給她老人家吃個定心丸呢。」

二人又在一眾丫鬟、嬤嬤的簇擁下，來到老太君房裡。

老太君正在屋內唉聲嘆氣，聽見腳步聲，忙問身邊的嬤嬤。「可是斐兒他們回來了？」

正說著，晴芳笑著在前面打起簾子，秦無雙和牧斐一齊進了屋內，秦無雙正要向老太君請安，老太君一把拉住了她的手問：「好孩子，妳總算回來了，這整個晚上都去哪兒了？擔心的我一宿沒睡。」

牧斐心虛地覷了秦無雙一眼。

秦無雙笑著說：「昨日我與小官人城外分開後，就在附近散了散心，想著許久未見到我爹娘了，便直接去了秦家，同爹娘聊天、吃飯，本是要回來的，奈何娘捨不得我，我就留下陪了她一晚。是無雙粗心大意，忘記遣人回來通報一聲，害祖母擔心了，都是無雙不對。」

牧斐一聽，羞愧地低下頭，默不作聲。

老太君是何等精明的人，一聽秦無雙這麼說，就知道她是在替牧斐掩飾，又見牧斐知錯的模樣，心裡很是寬慰——這兩個孩子，終於能放下成見、好好相處了。

晚上，老太君留二人在屋裡吃了飯，又話了半天家常，這才將人放了回去。

回紫竹院的路上，牧斐悄悄對秦無雙說：「謝謝妳。」

秦無雙問：「謝我什麼？」

「謝妳在祖母跟前替我遮掩將妳扔在玉枕關一事。」

秦無雙笑了一下，撇嘴道：「你知道感謝就好。」

牧斐舉手信誓旦旦道：「妳放心，我保證以後再也不戲弄妳了。」

秦無雙斜著眼瞅他。「你說的，我可記住了。」

牧斐看著秦無雙，腦海裡有什麼東西一閃而過，他忽然想起今日在城門外聽到的那些奇怪的聲音，忍不住緊張地喊了聲。「秦無雙！」

秦無雙一愣，歪著頭看他。「怎麼了？」

牧斐抿了抿唇，總覺得胸口壓抑著某種無以名狀的情感，好似無法宣洩一般，急切地想說出來，可一出口卻是：「妳的乳名可是叫茵茵？」

秦無雙怔住了，呆呆地望著牧斐說不出話，良久，才開口。「你、你是怎麼知道的？」

牧斐撓了撓頭。「今日我聽見妳爹娘這麼叫妳的。」

其實他早就打聽到了。

聞言，秦無雙心弦一鬆，說不出是失落多一些，還是無奈多一些。

牧斐扭捏著問：「以後，我可以喚妳茵茵嗎？」

秦無雙斬釘截鐵地拒絕道：「不可以。」

牧斐愣了愣。「為什麼？」

秦無雙突然沈了臉。「你還沒有資格叫。」

牧斐追問。「那誰才有資格？」

秦無雙瞅著牧斐看了一會兒，星眸微微暗了下來，說道：「親人，我的乳名只有我的親人才能直呼。」說完，加快腳步走了。

牧斐落在後面，愣住了，不知道秦無雙這是怎麼回事，為何變臉比翻書還快？

幾日後，石老夫子的三月之期總算到了，牧老太君作東，準備了一桌豐盛的感謝宴恭送石老夫子。

石老夫子一走，牧斐高興的就像是出了牢籠的鳥兒，只差手舞足蹈了。

頭一件事情，就是去老太君房裡請求放他出去與好友們聚聚。

老太君知道再拘著牧斐恐會出亂子，也就不關人了，還發了命令，以後無須攔著牧斐出門。

牧斐如得聖旨，立即帶著小廝們風也似地衝出去了，只是手裡不得銀子，好在倪氏暗地裡給了點，加上段逸軒與謝茂傾知道他的情況，每每聚會都是他們主動請客，很快牧斐便又恢復成從前的老樣子了。

秦無雙自從決定要開一座牡丹花圃後，便整日在牙行裡打轉，一面找牙人打探城周圍三十里以內傍水源、可租賃的田地，一面親自騎馬去城郊四處察看適合的地段。

既然要開一座牡丹花圃，地點就一定要近，這樣城裡的人只要坐馬車或騎馬就能很快到達；其二，一定要傍水源，有水源的地方土壤濕潤，澆灌也方便；其三，地必須是農地，因祁宋商業繁榮，百姓大多棄農從商，朝廷便高收商稅、低收農稅，是以，只要是農田產物上繳的都是農稅。

一日，牙人帶秦無雙出城看地，他們從衛州門出，順著五丈河一路向西北出城十五里，秦無雙突然發現一片荒地，地勢高低起伏，是一片丘陵連低窪地帶。

秦無雙問牙人。「這塊地可有主人？」

牙人看了一眼，想了想道：「這我得回去打聽打聽才知道，不過這塊地一看就是拋荒的劣地，有沒有主人還說不定呢。」

「怎麼說？」

牙人道：「妳看這地勢，高低不平，攔不了水，走不了牛，無法大面積耕種，屬於典型的農耕劣地。」

秦無雙捏著下巴思索了一番，又問：「倘若這地有主人，是不是有機會低於市場價？」

牙人道：「那是自然，這樣的地握在手裡，不種還得交稅，有人願意租賃，他們自然求之不得。」

秦無雙一拍手道：「其他地就不看了，你回去幫我打聽一下這塊地的主人，我要租這塊地。」

那牙人再三確認道：「小娘子可是想好了？」

「想好了，就這塊。」

五日後，牙人傳來消息，說是找到了那塊地的主人，主人也同意租賃，只是此刻人不在汴都，需等十天半個月，待他回來後方可談定價格，簽訂租賃契約。

秦無雙應了牙人，便帶蕊朱與半夏又去了那塊地，詳細觀察了地勢，測量了方圓，走時又用陶罐裝了一些土壤帶回去。

之後，秦無雙便邊等田地主人回覆，邊著手設計牡丹花圃、大肆惡補種植花木的知識、核算需投入花圃的各項銀錢。

忙得她一時連藥行都顧不上了，便全部丟給師父看著，好在藥行都已在掌控中，只需按部就班營業，倒也還好。

清明節來臨前，府裡人都在說四娘子要從姑蘇回來了。

果然，才過兩日，牧婷婷就到了，整個牧府一下子熱鬧了起來，尤其那些小丫鬟們，嘰嘰喳喳地跟隻喜鵲似的。

這日，秦無雙正在房裡畫圖，她已將花圃的方圓都框好了，正在根據地勢特點決定哪個位置用來種花、種什麼花。

突然，聽見外面響起一陣銀鈴般的笑聲，隨著歡快的腳步穿過二道門，直進入內院。

秦無雙向蕊朱遞了個眼色。

蕊朱正要出去瞧瞧是誰來了，簾子忽然被人從外面掀了起來，一截白藕似的手臂出現在眼前，上面還戴著一枚綠油油的翡翠鐲子。

緊接著，一張嬌俏如桃花、水靈如芙蓉的笑臉出現在簾子下。

秦無雙手裡拿著畫筆，轉頭看著那女子，一時沒反應過來。

那女子放下簾子，快步走了進來，向秦無雙甜甜地喊了一聲。「嫂嫂好呀。」

秦無雙放下筆，仔細端詳了牧婷婷一會兒。她穿著一身黃色襦裙，長著一張俏皮可愛的小臉蛋，長蛾眉、瑞鳳眼、唇紅齒白，細看之下，與牧斐有六、七分相似。

「妳是……四娘子？」

牧婷婷熱情地挨著秦無雙坐下，湊過臉笑道：「什麼四娘子不四娘子的，怪生分的，嫂嫂就和三哥一樣，直呼我婷婷吧。」

秦無雙一時不太適應牧婷婷如此親人的個性，乾笑了一下。「……妳……什麼時候到家的？」

牧婷婷歪著腦袋笑咪咪地說：「早晨剛到的，拜過祖母和母親後，就直接來看嫂嫂了。」

「可有見過妳三哥？」

牧婷婷甩了甩手，一臉無所謂道：「沒呢，我還沒到家就知道他肯定在外面快活，且不管他了。」

自己的親哥哥不管，卻來找她這個陌生的新嫂嫂，秦無雙一時還真有些無所適從。

牧婷婷就那樣癡癡地看著她，然後由衷讚美道：「嫂嫂，妳可真漂亮。」

「……謝、謝謝謬讚。」被一個女孩子如此直接的讚美，秦無雙內心挺複雜的。

牧婷婷以為秦無雙不信她的話，便像連珠炮似的說道：「我說的是真的，妳是我見過最漂亮的女子。我在姑蘇時就聽說哥哥定了一個漂亮的嫂嫂，回來路上又聽下人說了好些嫂嫂和三哥的事情，方才我祖母還對嫂嫂讚賞有加。嫂嫂，我實在太佩服妳了，妳竟能將我三哥那匹野馬馴得服服帖帖的，還能搞定我祖母，妳實在太厲害了。」

秦無雙扯出一抹強笑。「過、過獎了。」

牧婷婷低頭瞧見桌面上的紙，很感興趣地問：「嫂嫂這是在畫什麼？」

「圖紙。」

牧婷婷看著圖紙右上側的題字。「牡丹花圃繪圖。」大大的眼睛閃動著好奇，問道：「嫂嫂是要開一座牡丹花圃？」

「算是吧，不過，還只是初步計劃……」

牧婷婷「哇」地一聲道：「嫂嫂竟然連種花也會，我太喜歡嫂嫂了，日後我可以時常來找嫂嫂玩嗎？」

秦無雙道：「……好、好啊。」

牧婷婷在秦無雙房裡說了好一會兒話，直到倪氏派人來喊她，她才依依不捨地走了。耳朵再次歸於寧靜，秦無雙卻呆了一陣。

那牧婷婷風兒似的來了，又風兒似的走了，把她的思緒都打亂了，索性放下筆，去老太君房裡請安，又給老太君按了按頭。牧老太君一高興，命人將牧斐與牧婷婷也叫了來，大家一塊兒聚在老太君屋裡吃了晚飯。牧婷婷嘰嘰喳喳地同他們講著她在姑蘇所見的奇聞趣事，至晚方休。

秦無雙得了牙行送來的消息，說是城郊西北那塊地的主人回來了，約她於五日後見面談租賃一事。

五日後，秦無雙去了牙行，牙人領著她一道去了對方指定的見面地點——坐落在城北角、名為「雅嵐居」的宅院。

牙人叩響門環，無人應門，待他輕輕一推，門竟開了一道小縫。

牙人與秦無雙互看一眼，然後將門推開了。

甫一開門，鳥語花香撲面而來，定睛一看，視線所及之處都是綠植鮮花，將那奼紫嫣紅開了個遍，又有百蝶戲鳥語。

這哪裡像個宅子，簡直是誤入繁花深處，美不勝收。

二人見門內無人，只得沿著通道往裡面走，通道兩側的架子上，爬滿了紫色的藤花。

這座宅院外面看起來普普通通，跟汴都的大宅一般無二，可是裡面卻完全顛覆了祁宋傳統的宅院風格，一進門便有一彎河水蜿蜒而過，河上架著一座石拱橋，過了橋才是二進門的穿堂。

過了穿堂，是一處寬約三丈的圓形大院子，上有一層拱形的水色琉璃頂，恰好鑲嵌在圍牆頂上，院子裡同樣種滿了花草，似乎這裡的溫度比外面略高一些。

秦無雙細觀了那些花草，許多都是她從未見過的品種，還有一些原不是這個時節的鮮花竟然也綻放了。

二人又往裡走，經過一個長廊，長廊兩邊假山竹林掩映，四處種著奇花異木，茂盛得讓人無法窺其全貌。

秦無雙嘆為觀止道：「這座宅院的主人可是一位花農？」

那牙人顯然也被園子裡的景色震懾住了，半晌才道：「我也不知道他是做什麼的，我只見過那人一回，看起來像是一名貴公子，不似花農。」

二人走著走著，終於看見一名白衣人，背對著他們蹲在地上，正低頭用小鋤頭翻弄著土壤。

牙人見狀，忙上前拱手道：「打擾了，請問你家主人可在？」

白衣人聞言一頓，丟下手中的小鋤頭，起身轉向他們。

那人穿著圓領窄袖白長袍，腳上蹬著一雙高齒木泥屐，身姿挺拔，只是略微消瘦了些，遠遠一看，清雋如竹。

他的衣襬撩了一角隨意塞在腰帶裡，衣袖挽得整整齊齊，露出一截蒼白卻精瘦的手臂，骨節分明的修長手指上還沾著褐色的泥土，卻絲毫不影響他那出淤泥而不染的高潔之姿。

「找我？」

那是一張溫潤如玉、觀之可親的臉。

秦無雙大吃一驚道：「是你？」

第三十五章　拜師

蕭統佑看了看牙人，又看了看秦無雙，抿唇微微一笑道：「好巧，沒想到要向我租地的人竟是妳。」

牙人在中間茫然道：「二位認識？」

秦無雙朝牙人點頭。「有過一面之緣。」

牙人拍手道：「那就太好了，既然這樣，二位有什麼要求但說無妨。」

蕭統佑卻道：「不必說了，這地我租就是了。」

牙人一聽，喜上眉梢，欲替秦無雙討價還價，便問道：「那租金……」

蕭統佑道：「那塊地荒了許久，因為地勢不利於農耕，我也無甚用途，願意以低於市價五成的租金出租。」

牙人喜不自禁，又問秦無雙。「秦娘子，妳覺得呢？」

那塊地若用作一般的農耕，確實是食之無味、棄之可惜的雞肋，所以才會擱置那麼久；但若用來種花觀賞，高低起伏的地勢反而帶來美感，對秦無雙來說，它就是一塊求之不得的好地。

如今不僅能租到，還能以低於市價五成的金額承租，秦無雙自然是欣然接受，於是立即拍板定案道：「我租。」

牙人連忙將隨身攜帶的契書拿了出來，一面說：「那好，這是我從應天府購買的官本契書，一式四份，一副地主、一副錢主、一納商稅院、一留牙行。二位看過之後若無異議，就可簽字畫押了。」

蕭統佑先是無奈地伸出沾染著泥土的雙手，示意手髒，然後，轉身指了指斜後方的屋子，溫和地笑了笑。「請裡面坐，待我淨手更衣先。」

秦無雙點了點頭，便與牙人一道進了屋子裡。

進屋之後，二人皆微微一愣。

這屋子從外面看面闊三間，進來卻發現是一大通間，只用素色簾帳略做隔斷，南北皆留門，倒像是個穿堂，十分敞亮，卻也十分空曠，讓人覺得太過冷清了些。

屋內無桌椅，唯有地席、錦墊、長型矮几案，几案右後方是一座兩層酸梨木書架，上面放著許多書籍，案上狻猊小香爐裡正焚著香，輕煙裊裊，似在與君語。

屋內其餘鋪陳與構造，簡單中透著幾分雍容，頗有前朝遺風。

秦無雙和牙人正不知該如何落坐時，烏雷端了一套煮茶的茶具走了進來，先放在几案旁的地席上，然後向秦無雙做了個「請」的姿勢。

秦無雙依照烏雷的指示，跪坐在几案正東面的錦墊上。

牙人忙跪在几案當頭，將四份書契鋪在桌上，又將揣在身上的一枝小毫掏了出來，對著筆尖舔了一下，小心翼翼地擺放好，然後才規規矩矩地坐定。
烏雷一聲不響地跪坐在一旁煮著茶。
一盞茶後，蕭統佑換了一身月白色直裾出來，看著三人已落坐，便走到秦無雙對面的錦墊上，撩起衣袍，姿態隨意卻又不失禮數地盤腿坐下。
烏雷將煮好的茶倒了兩杯，一杯給蕭統佑，一杯給秦無雙。
牙人等了一會兒，見沒他的，就趕緊識時務地為蕭統佑說明條款。
蕭統佑抬手制止。「不必說了，我已知曉。」說完，便拿起筆將四份書契簽了名、蓋上印。
秦無雙見蕭統佑十分爽快，便也二話不說，接過筆刷刷幾下，簽字蓋印。
牙人喜孜孜地將契書整理好，一份推給蕭統佑，一份推給秦無雙，然後揣了兩份在懷裡，起身賠笑道：「我的部分已經處理好了，既然二位認識，那我先告辭了。」
蕭統佑向牙人微微頷首，烏雷起身在前面帶路，牙人立刻跟著他出去了。
屋內只剩下蕭統佑與秦無雙，兩人互相看了一眼，異口同聲道——
「秦娘子……」
「蕭公子……」
話才出口，猛地打住，又相視一笑，蕭統佑遂做了個「請先說」的手勢。
秦無雙道：「我見蕭公子的宅院裡都是奇花異草，敢問蕭公子可是花農？」

「花農？」蕭統佑哈哈一笑道：「或許……算是吧，只是我這花農從不為別人種花，只為自己種花。」

秦無雙聽得有些糊塗。「此話怎講？」

蕭統佑道：「我種的花都是市面上少有、甚至沒有的。種植它們，多是為了深研它們，只有這樣我才能把它們的生長習態、環境及其週期詳細記錄下來，其實就是為了完成這本書而已。」說著，他從書架上抽出一本厚厚的書遞給秦無雙。

秦無雙接過書，只見封皮上龍飛鳳舞地寫著四個大字——《仲南花經》。

打開一看，裡面是各式各樣奇花異草的詳細記載，有注解、有繪圖，從花到莖、根、種子都鉅細靡遺地描繪了出來。她越翻越愛不釋手，驚嘆道：「這本書是你寫的？」

蕭統佑微微頷首。「只是還沒寫完。」

秦無雙一面看，一面由衷稱讚道：「我知道了，古有神農嚐百草，今有公子種花經，公子不是花農，是位深藏不露的農學家。」

蕭統佑失笑道：「秦娘子可真是抬舉仲南了，仲南只是個閒雲野鶴的散人而已。」

秦無雙笑笑沒接話，在她看來，這只是蕭統佑自謙而已。

蕭統佑見秦無雙杯中茶水已涼，便拿過來倒了，又重新沏了一杯熱茶放在她跟前，隨口問道：「不知秦娘子買我那塊地打算種什麼？仲南觀秦娘子不像會下地之人。」

秦無雙正好翻到一株名貴牡丹魏紫的記載，便忍不住埋頭在書中，聽見蕭統佑問她，便應了一句。「我想在那兒種植牡丹，各式各樣的牡丹，尤其是上品牡丹。」

「秦娘子種植那麼多牡丹做何用？」

秦無雙抬起頭看了他一眼，笑了笑，道：「我是個商人，自然是為了賺錢。」

蕭統佑道：「那妳可真是選了一塊風水寶地，那塊地我曾去瞧過，地勢高、排水良好、中性沙壤，可說是種植牡丹的絕佳之地。」

秦無雙合上書，放在几案上，興致勃勃問道：「聽公子所言，似乎很懂種植牡丹？」

蕭統佑抿了一口茶，淺笑道：「其他不敢誇口，但凡是花類，仲南還是略懂一二。」

秦無雙眼珠子一轉，計上心頭。都說隔行如隔山，她從藥行跳到花行，雖努力，卻摸不著精髓，是以她一直想找一名懂行的花藝師傅打算拜師學藝，只可惜花行裡的人大部分對花也只是一知半解，就是懂得多些，也不願意對一個陌生人傾囊相授。

沒想到老天竟然讓她遇到蕭統佑這個農學專家，心裡自然生出一絲蠢蠢欲動。

她四下瞧了瞧，隨口閒聊道：「我見公子凡事親力親為，這偌大的宅院，難道就公子一人住在這裡？」

這裡看起來不比秦家的宅子小，但除了烏雷，沒看見任何一個丫鬟、嬤嬤，究竟是什麼樣身分的人能住這麼大的宅子，身邊卻沒有幾個伺候的下人，還會親手種植種類如此繁多的奇花異草？

她從來不是什麼好奇之人，但蕭統佑卻勾起了她的好奇。

蕭統佑道：「我還有個僕人，叫烏雷，就是剛才那個。」

秦無雙點了點頭，見蕭統佑沒有繼續說下去的意思，也就不好再多問。她端著茶杯慢吞吞地喝著茶，心裡盤算著那件事該怎麼開口。

蕭統佑看著她笑了笑，道：「我猜……妳一定在好奇我的身分。」

被人當面揭穿了小心思，秦無雙不由得臉紅了起來，只得抿唇乾笑了一聲。

蕭統佑微微傾身湊向她，保持著一段不算冒犯的親近距離，以近乎玩笑的口吻低聲說道：「實話告訴妳，我其實是外地大家族的子弟，因我父母早年雙雙過世，叔父便趁我幼小，將全族家私侵吞了。叔父擔心我長大後與他爭搶家業，便將我一個人關在這裡不准出去。我閒來無事，十年來便在園子裡種植花花草草，叔父見我乖順聽話，才准我自由出入汴都，只是不得輕易回去。」

聽罷，秦無雙目瞪口呆，但更加讓她不解的是蕭統佑那雲淡風輕的態度。

一個大家族爭鬥傾軋下的孤兒，被族人流放在外地、軟禁了整整十年，每日只能與花草為伴。這一切，在蕭統佑的嘴裡，變成了一段不以為意的過往。

他究竟有著怎樣強大的內心，才能把那般困境過得如此悠然自得？

「……那你靠什麼生活？」

秦無雙知道，在大家族夾縫中艱難求生的人，往往為了維持家族的體面與自己的尊嚴，表面看起來光鮮，私下卻過著不為人知的苦日子，正如她一樣。

這可能是一個難以啟齒的答案，蕭統佑卻一臉從容道：「我會種花啊，種的還都是奇花，偶爾生活困乏，我便讓烏雷選一、兩盆到相國寺裡面賣掉，還能賣上一些銀子，讓我衣食無憂。」

賣花謀生，這的確是個不錯卻又心酸的法子。

若不是親耳聽蕭統佑說，她真的很難將風度翩翩的他與生活潦倒幾個字連結在一起。因為在蕭統佑身上，總流露出一股經歷歲月洗禮後的沈澱優雅、超凡脫俗，卻又實實在在地沾染著人間煙火氣息。

秦無雙下定決心道：「我有個不情之請。」

「哦？」蕭統佑微微挑眉，鳳目含笑道：「說說看，妳於我有救命之恩，縱是不情之請，我也會竭力全妳所願。」

「我想……向你拜師學藝。」

「學藝？」聞言，蕭統佑愣了下。

秦無雙坦言道：「我想跟你學習種植牡丹。」

蕭統佑長眉微蹙，沈吟道：「這個嘛……」

秦無雙立刻說：「我可以付你酬勞。」說完，她又特意強調了一遍。「很高的酬勞。」

蕭統佑望向秦無雙抿唇一笑，隨即爽快道：「成交。」

秦無雙沒想到蕭統佑這麼快就答應了，心裡一時激動得難以自抑，便拿過蕭統佑的茶杯，重新沏了一杯熱茶，高舉至蕭統佑面前，喊道：「無雙在此以茶代酒，敬師父。」

「別……」蕭統佑抬手輕輕將茶杯推了回去，半是玩笑、半是認真道：「我才剛剛及冠，被妳這麼一喊，我都覺得自己上了歲數——妳若真心存敬意，就喚我蕭大哥。」

秦無雙上面雖有兩個堂兄，卻與她不親，心裡一直期望能有個大哥照應，如今蕭統佑願意與她以兄妹處之，她自是欣然應下，再次舉杯喊道：「蕭大哥。」

蕭統佑這才接過茶杯，輕輕抿了一口，道：「為行方便，那以後，我喚妳小雙可好？」

「行。」

之後，秦無雙每隔兩日便會來一趟雅嵐居，向蕭統佑學習如何種植牡丹。

這日，秦無雙將要出門，牧婷婷忽然跳出來，拉住秦無雙問：「嫂嫂，妳這是要去哪裡呀？」

秦無雙道：「我要出門一趟。」

牧婷婷興致勃勃地問：「那我可以跟妳去嗎？」

秦無雙心想蕭統佑應是喜歡清靜的，她這麼貿然地帶著自己的小姑子前去，恐怕過於冒昧，便道：「今兒個不行，我要去的地方不能帶人進去。」

牧婷婷瞬間蔫了，「哦」了一聲，便放開了秦無雙。

見秦無雙獨自一人上了馬車，牧婷婷越發好奇起來。

恰巧，牧懷江騎著馬，帶著一眾人剛從外面回來，在門前下了馬。牧婷婷見狀，幾步上前，拉過牧懷江的馬就翻身上去，然後朝牧懷江喊道：「二叔，借你的馬一用。」說完，也不待牧懷江回應，就一溜煙跑遠了。

牧婷婷一路跟著秦無雙的馬車，來到了雅嵐居。她藏在對面巷子的轉角處，看著秦無雙推開雅嵐居的大門，如同進自家宅院一般走了進去，隨後關上了門。

牧婷婷跑到雅嵐居大門外，四處轉了一遍，東看看，西看看。

又跑到圍牆下，試圖攀上圍牆往裡面偷瞄，可惜圍牆太高，只能以失敗告終。

牧斐剛從倪氏房裡出來，捏著一沓銀票在手心，意氣風發地正準備出門玩。忽見牧婷婷朝他十萬火急地衝了過來，他忙將銀票折好揣進懷裡，一本正經、挺直腰桿站在原地，裝腔作勢地朝牧婷婷喊道：「瞧妳一副毛毛躁躁的樣子，哪有半點大家閨秀的氣質？」

牧婷婷上來一把拽住牧斐的手腕，繃著小臉問：「三哥，你是不是又去向娘要錢了？」

牧斐別過臉去。「沒有的事。」

「休哄我，我方才已經瞧見了，銀票就在你懷裡。」說著，上手就朝牧斐懷裡亂摸起來。

牧斐忙抱住胸前，往後跳了一步，梗著脖子道：「摸什麼摸，是又怎麼樣？」

牧婷婷恨恨道：「三哥，你把娘的體己敗光了不算，現在連娘的嫁妝也開始敗了不成？」

牧斐臉色一沈。「妳胡說八道什麼？」

「我才沒有胡說，我都已經看見了，娘把她的嫁妝給祥嬤嬤拿去變賣了，就是為了給你花。照此下去，就算三哥以後得了牧家，整個家業也會被你敗光的。」

牧斐抬手就在牧婷婷的腦門上彈了一記。「臭丫頭，現在連妳也敢教訓起我來了？」

牧婷婷急得直跺腳道：「我說的是實話，三哥你不能再這樣下去了，你瞧瞧嫂嫂，不僅人美，還會賺錢，可你卻只會花錢。再這樣下去，小心嫂嫂不要你了。」

牧斐瞅著牧婷婷，道：「究竟誰才是妳親人，妳怎麼胳臂往外彎，才一回來就幫著外人說話了？」

牧婷婷努嘴反駁道：「嫂嫂才不是外人。」

「去，懶得同妳說。」牧斐一甩手，舉步就往外面走。

「三哥！」

牧斐走了幾步，終是背著手停了下來。

過了好一會兒，他才轉身，將懷裡的銀票全部掏出來遞給牧婷婷。

「這些銀票拿著，去把娘的嫁妝都贖回來。」

牧婷婷見狀，欣喜地跑過去，接下銀票。

牧斐又道：「還有，以後也別讓祥嬤嬤去變賣娘的任何東西。」
說完，轉身要走，牧婷婷又一把抱住牧斐的胳膊，急喊道：「三哥先別走！」
牧斐無奈地看著她。「又怎麼了？」
「有件事情我必須要告訴你。」

第三十六章　我就賴

牧斐掀簾子進東屋時，秦無雙正盤腿坐在暖閣窗邊的羅漢榻上埋頭寫著什麼，榻几上還擺著一個算盤，時而噼哩啪啦地撥弄兩下。

半夏、蕊朱、青湘在外間的椅子上湊著頭做女紅，聽見動靜，齊齊抬頭，一見是牧斐，忙放下手中活計向他行禮。

「小官人。」

秦無雙聽見外間有動靜，抬頭看了一眼，見是牧斐，便不以為意地埋頭繼續做自己的事。

牧斐邊大步往裡間走，邊使喚道：「去，給爺泡一壺碧螺春來。」

半夏、蕊朱、青湘三人忙妳推我、我推妳的笑著出去了。

牧斐來到裡間四下看了一看。

秦無雙頭也不抬地問：「你怎麼來了？」

「這是小爺的家，不來這裡要去哪裡？」說完，他一屁股坐上榻，蹬掉鞋子，斜躺在枕上，靜靜地注視著秦無雙。

秦無雙似乎連眼皮都沒抬一下。

於是，他又換了個更妖嬈的姿勢，半側著身子，撐著下巴，故意湊近盯著秦無雙的臉。

本來只是想引起秦無雙注意，沒想到那麼一看，頓時被秦無雙勾走了魂。

秦無雙臉蛋很小，還有些圓潤，大杏眼、籠煙眉，乍看之下除了眼睛水靈、五官秀氣之外，並不特別讓人驚豔。可這回靜下心細細品味，才發現秦無雙很是耐看，那是一種無法用言語形容的靈動之美，彷彿大師手下的工筆畫，每一筆都透著神韻，每一處都無可挑剔。

忽地，秦無雙手指飛快地撥弄了下算盤，啪啦幾聲脆響，一下子驚醒了牧斐。

他回過神，見秦無雙自始至終寫寫算算，完全沒把他放在眼裡，心裡很不是滋味，便在一旁揶揄道：「妳說妳一個女孩子家，整日不是拿算盤，就是抱帳本，簡直活脫脫的小財迷。身為女子，不去做針黹女紅，不去燒香、點茶、掛畫、插花，非要醉心什麼商道，整個汴都，我看也就獨妳一人了。」

秦無雙聞言，這才放下手中的筆，抬頭看向牧斐，反唇相譏道：「你身為男兒家，一不上戰場殺敵，二不學文走正道，整日只知道伸手要錢啃老。請問牧小爺，你哪來的資格嘲笑我？」

牧斐被秦無雙噎得臉色有些不好看了。

他以為經過上次握手言和之後，他們的關係理當更親近一些，誰知，秦無雙說起話來依舊不給他半分面子。

咬牙半晌，牧斐乾脆翻身往後一倒，靠在枕上，朝天翹起了二郎腿，誇口道：「這是爺命好，生在侯門公府之家，有的是吃不盡的山珍海味、用不完的金銀珠寶，爺從一出生就注定是人上人，為何還要用功讀書？」

秦無雙看著牧斐晃啊晃的腿，蹙眉哂道：「就是天子也有坐吃山空的時候，何況你？你難道就沒有想過，萬一……有朝一日牧家倒了，你又該何去何從？」

牧斐霍地放下腿坐了起來，瞪著秦無雙道：「秦無雙，牧家沒有對不起妳的地方，妳怎麼能這麼咒牧家？」

「怎麼？害怕了？」秦無雙牢牢鎖住牧斐的眼睛，直言不諱道：「你連這個假設都不敢想，也不敢面對，只能說明你是個懦夫，那麼等假設變成事實時，你也只有後悔的分兒！」

牧斐怔了怔，眼神有些游離，不知道在想些什麼，過了好半晌，他才不以為意道：「妳說得如此篤定，搞得自己像個神仙似的，倒能未卜先知了。再說，倘若真被妳料到了，那爺就認命，大不了過得潦倒些罷了。」

若真到那個時候，恐怕你就不會這麼想了。秦無雙心中暗暗嘆息，道：「事實上，我確是能未卜先知一些事情。」

牧斐神色怪異地瞅了她一眼。「哄人呢？」

秦無雙道：「不如我們來打個賭？」

「……什麼賭？」

「我說件未來將要發生的大事，倘若結果如我所料，就算你輸，你若輸了便從此以後聽我的話，踏踏實實地用功讀書，考取功名回來。」

牧斐心裡不信邪，一拍榻几，豪爽道：「賭就賭，妳說！」

秦無雙便十分平靜地說：「我預測皇上將會在今歲冬至前後駕崩，屆時，登基為帝的會是三皇子司昭。」

牧斐聽完，眨了眨眼，好半晌才反應過來秦無雙話裡的意思，頓時嚇得越過榻几撲向秦無雙，一手托住她的頭，一手捂住她的嘴，四下飛快地掃了一眼，這才低聲斥責道：「秦無雙，妳瘋了嗎？這樣的話妳也敢說？妳知不知道這話若是傳出去，妳會掉腦袋的。」

秦無雙一時被牧斐的反應過度驚愣住了。

牧斐與秦無雙靠得極近，上半身幾乎全壓在秦無雙身上。

隱約間，他嗅見了秦無雙身上散發出有如杜若般的淡香，手心傳來的柔軟觸感也不由得令他渾身一顫。

他垂眸看著秦無雙銀盤似的小臉，杏眸愣愣地盯著他，心弦莫名一動。

忽然覺得此時的秦無雙嬌媚誘人得很，尤其那雙眼睛，水汪汪的，彷彿會說話，撩撥得他心癢難耐。

牧斐一時心中萬馬奔騰，不知怎地，腦袋控制不住地低垂了下去，眼看就要親上秦無雙的眼睛。

秦無雙忽地推開他，微微別過臉，語氣有些急促地問：「你到底賭是不賭？」

牧斐陡然清醒過來，趕忙收手坐了回去，垂頭尷尬了好一會兒，一時也沒發現雲霞已悄然爬到了秦無雙的臉蛋上。

過了好一陣子，他才悄悄覷了秦無雙一眼，見她不動如山，微微低著頭，面無表情的，這才鬆了一口氣，轉移話題道：「哎，妳為了讓我能考上功名，還真是煞費苦心……」

他頓了頓，轉而以頭枕手往後靠，又是一副懶洋洋的姿態。「這一切都是姑祖母逼妳的吧？」他歪著腦袋盯著秦無雙，好奇地問：「話說，那日在宮中，姑祖母到底對妳說了什麼？」

秦無雙看著他，不說話了，心裡忽然有一股深深的無力感。

牧斐繼續道：「妳不說我也知道，姑祖母一定會說，如今祁宋重文抑武，皇上忌憚手握軍權的牧家，牧家又與樞密院使金長晟關係親厚，姑祖母擔心她老人家去了之後皇上會拿牧家作伐子，到時，走狗烹、良弓藏，希望牧家能自我以後改走文官之路，從而保住家業根基，待父親卸權，就能大大降低朝廷對我牧家的忌憚。」

聞言，秦無雙心中一震，原來牧斐早就知道牧家的處境。

牧斐接著道：「我猜姑祖母還會說，只有妳能管束我，至於為何她老人家會這般認為，以我對姑祖母的了解，她定是派人將妳我之間大大小小的事情全都查了一遍，認為妳小小年紀竟能將秦家藥行打理得有聲有色，定是有本事，自然也能克住我。」

「你……竟然都知道？」若不是那日親眼瞧見牧斐等在寶慈殿大門外，這會兒聽了他的一番話，肯定會以為他當時就在大殿內，才會知曉得如此清楚。

牧斐對著秦無雙微微眯起了眼，眸光幽深了幾分。「我還知道，姑祖母一定用什麼事情威脅了妳，所以才讓妳不擇手段地逼我讀書考功名。」

秦無雙心中欲發駭然——原來他竟心如明鏡。

「既然你都明白，為何還要讓我逼你？」

牧斐仰頭看著天花板，再次翹起了二郎腿，枕著雙手，吊兒郎當道：「朝廷忌憚牧家，無非是擔心父親手裡的權柄最後落到我手裡，擔心牧家在軍中威望過盛，無法撼動。而如今，我一不會武，二不能文，就是一個十足的紈袴，還有什麼比當一個紈袴更能讓皇上放心的呢？」

秦無雙突然有個極其荒謬的猜想。「所以，你現在這副模樣，就是為了讓皇上放下對牧家的戒心？」

牧斐朝天豎起一根食指搖了搖。「不、不，別把爺說的那麼高尚，爺就是喜歡當個紈袴，自由自在、無拘無束，多好啊。所以，麻煩妳以後也不用在叫爺讀書這件事情上費心費力了。」

秦無雙聞言只想扶額嘆氣。

卻又聽見牧斐說：「妳放心，爺會配合妳裝裝樣子，給牧家和姑祖母一個交代，絕不會讓他們為難妳的。」說著，他朝她擠了下眼。「只要妳同意以後讓二叔幫我結帳……」

弄了半天，牧斐打的是這個算盤呢，她一時又氣又無奈，斷然拒絕道：「不行！」

牧斐猛地坐了起來，指著她說：「我說妳這個人怎麼這麼冥頑不靈呢？」

秦無雙回道：「冥頑不靈的是你！」

牧斐一甩手，又躺了回去。「罷了，當爺沒說。」

秦無雙見他一副優哉游哉的模樣，忍不住問：「你怎麼還不走？」

牧斐茫然地望著她說：「去哪兒？」

「愛去哪兒耍就去哪兒耍，別在我這裡礙眼。」

牧斐撩了髮絲一把，拖著個長調子嘆道：「唉……爺沒錢寸步難行啊，所以爺決定以後哪兒也不去了，就在妳眼前擺著，妳去哪兒爺就跟到哪兒。」

別以為她不知道牧斐打得什麼主意，這是故意同她耗，想逼她同意放開財權。

「無聊。」秦無雙橫了他一眼，便不再理他了。

一會兒，半夏泡好了茶送進來。

牧斐竟真在她房裡喝起茶，有一搭沒一搭地找她說話，見她不理睬，乾脆就在榻上睡著了。

秦無雙只好找來一床薄毯替他蓋上，又繼續埋頭忙了。

次早，牧斐伸著懶腰出來時，看見秦無雙正在堂屋用早餐，立刻眉開眼笑地湊上去向她打了聲招呼。

「早啊。」

秦無雙看了他一眼，沒搭理他，繼續慢條斯理地用著餐。

半夏忙替牧斐舀了一碗粥。

「今兒個我們要去哪兒？」牧斐問。

秦無雙放下筷子，擦淨嘴唇，這才看向他，心平氣和地說：「牧斐，我勸你，該幹麼幹麼去，不要來煩我。」

牧斐決定固執己見。「爺現在的任務就是跟著妳。」

「跟著我？」秦無雙微微扯唇，似笑非笑地反問。「你確定？」

「……確定。」

「那是不是我做什麼，你就跟著做什麼？」

「……是啊。」

「那好。」

每次當秦無雙答應得十分爽快時，牧斐內心就不由得生出幾分不安，事實證明，他的預感每次都是準確的。

第三十七章 爺認輸

秦無雙向蕭統佑學習了一段時間之後，她對自己的花圃又有了新的想法。

蕭統佑得知她開牡丹花圃是為了有價觀賞，便對她說：「牡丹之所以為花中之王，是因為人們賦予了它不同凡響的品格，把它捧上了至高無上的位置。既然如此，就不能純粹為了欣賞牡丹而只種牡丹，也不能單為觀賞而只開花圃。」

也就是說，想要烘托牡丹的高貴，就必須在園中點綴一些其他種類的花，以牡丹為主，以別種花卉為輔。而這些花卉不能只種在地上，還要根據地勢因地制宜造景。

這一番提醒讓秦無雙有如醍醐灌頂，她立刻雇了一批工匠，先將園子四周用黑瓦粉牆圍了起來，又在園中高地建了一座三層樓閣，可供登高望遠；另外，建了幾處亭子、扶欄；又雇了園林師設計假山、月洞門、露臺；並挖人工池引水進來。

如今，園林進度已過半，花卉也進入種植階段。買來的牡丹花苗中，一半是從花行訂的各類一般品階的牡丹，另一半名貴牡丹都是透過蕭統佑多年累積的人脈弄來的。

秦無雙與牧斐進到園子時，雇來的幾位花農正忙著。

牧斐沒想到秦無雙帶他來的竟是這鳥不拉屎的破園子，他皺著眉頭，抿著嘴唇，低頭看了沾滿黑泥的鞋底一眼，只覺得寸步難行。

恰值一輛運糞的太平車進來，一個花農打開了大木桶的漏口，對著七、八個小木桶灌糞水。

秦無雙快步走了上去，從一旁的地上撿了兩根扁擔，自己拿著一根，另一根丟給了牧斐。「拿著。」

牧斐下意識接住扁擔，一時不明白這是什麼玩意兒，更不明白秦無雙要做什麼？

秦無雙道：「我要幫土地施肥，你不是說我做什麼你就跟著做什麼嗎？那現在請跟我一起施肥吧。」說著，她提了兩桶糞水送到牧斐面前。

牧斐連忙捏住鼻子，十分嫌棄地用扁擔指了指地上的糞水，匪夷所思道：「竟用這個澆花？那花豈不是臭了？」

秦無雙鄙夷地瞅著牧斐，扯唇冷笑道：「怎麼，高高在上的牧公子，難道不知道糞水就是花肥嗎？」

說完，她從糞車上拿了一支長瓢，舀了滿滿一瓢糞水伸向牧斐，還沒開口，就見牧斐如避蛇蠍一般，扔掉扁擔，往後連退了好幾步，然後半跪在地上，捂著胸口，嘔吐了起來。

「嘔……嘔……嘔……」

牧斐覺得自己的腸子都快吐出來了。

秦無雙晃了晃手中的瓢，笑著一字一頓道：「一會兒呀，我們要將這些花肥一瓢一瓢地澆在花根上……」

牧斐一聽，胃裡又翻滾起來，他死死地捏住鼻子，一張桃花臉說有多扭曲就有多扭曲，再這樣下去，他不是被這些花肥熏死，就是被自己憋死。

掙扎了半晌，他終是朝秦無雙豎起大拇指，又倒轉過來反指向自己。「秦無雙，妳夠狠！爺認輸。」說完，起身飛也似地逃走了。

牧斐走後，秦無雙丟下瓢，又囑咐了雇農幾句，這才回到馬車上。

出門前她已備妥一套乾淨衣裳在車上，上車後，便在馬車裡換了衣裳，這才喚馬夫上車出發。

今日原是要去雅嵐居學藝的，因牧斐死皮賴臉跟著她，她才想了這個法子將人氣走，不然以牧斐的性子，指不定又會生出什麼事端。

「三哥，就是這裡，你看，嫂嫂的馬車還在外面。」雅嵐居的大門外，牧婷婷指著停著的馬車道。

牧斐翻身下馬，叉起手臂，皺著眉頭，抬頭看了雅嵐居的匾額一眼。

單從圍牆來看，這雅嵐居還是一座不小的宅子，能在汴都城裡擁有這麼一座大宅子，一般都是有身分的人，可在他的印象中似乎從未聽誰提起過這個地方。

這裡面到底住著誰？秦無雙來這裡做什麼？竟然還用那麼卑劣的手段將他趕走，只是為了來這個地方。

一想到這裡，牧斐心裡就莫名來氣。

「走，進去。」

牧婷婷忙拉住他，擔憂地說：「三哥，這樣不好吧？」

牧斐挑眉。「有什麼問題？」

牧婷婷道：「我們這樣貿然進去，不就成了私闖民宅？」

「秦無雙都進去了，爺為何不能進去？再者，我們是敲門進去，又不是翻牆進去，怕什麼？」

牧婷婷想了想，點頭道：「三哥說得有理。」

兄妹二人拴了馬，來到門前。牧斐先是叩了兩下門，門內無人應答，又叩了一下，還是無人應。

這時，牧婷婷輕輕拽了他一下，指了指門縫，原來這門沒關牢。

牧斐一用力推，門「吱呀」一聲打開了，隨即一派萬紫千紅、香氣四溢、鳥逐蝶戲、生機盎然的畫面映入了二人的眼簾。

牧婷婷一下子被眼前的美景吸引住了，下意識往裡面走，一面欣賞美景，一面感嘆道：「三哥，這裡面……好美。」

牧斐卻不以為然，大步跨了進去，見大片紫色花藤攔路，隨手將其打向一邊，道：「什麼鬼地方，宅子不像宅子，園子不像園子，弄這麼多亂七八糟的花做什麼用。」

二人走了許久，四周依舊是大片的花海。牧婷婷不由得蹙眉道：「三哥，這地方為何走不到頭啊？」

牧斐突然心生警覺道：「這園子詭異，咱們還是小心點。」

牧婷婷這時也開始覺得不對勁，正要說「不如先回去」，就見牧斐腳後方的花叢裡，溜出一條五彩斑斕的蛇，忙指著驚呼。「三哥，你後面有條蛇！」

牧斐嚇得幾步跳開，轉頭一看，果然看見一條蛇，揚著頭，正對他方才所在的位置吐著蛇信。

他還沒來得及鬆一口氣，又聽見牧婷婷尖叫。「啊！好多蛇！」

一瞬間，從四面八方湧出無數條大大小小、五顏六色的蛇，齊齊爬向他們。

兄妹二人從未遇過這種情況，一時都嚇呆了。

一條猩紅色的蛇從花藤上探出頭，正要對著牧婷婷的脖頸咬去，牧斐見狀，喊了一聲。「小心！」他撲過去將牧婷婷護在懷裡的同時，迅速用手臂把那條蛇揮到地上，卻沒注意有條綠油油的小蛇從暗處撲上來，對著他的手臂就是一口。

牧婷婷連忙拉過牧斐的手臂看了一眼，被小蛇咬到的地方迅速起了一片黑青之色。

「三哥，是毒蛇，怎麼辦？」

牧斐扶著額，身子開始控制不住地往下墜。「我頭有些暈。」

「三哥，你別嚇我啊……」牧婷婷拉不住牧斐，只能眼睜睜看著他倒在地上。她連忙對著四面八方哭喊道：「來人啊，救命啊……嫂嫂，救救我三哥，三哥被毒蛇咬了……來人啊……」

喊了半晌仍無半點動靜，倒是那些蛇，只要不主動攻擊牠們，牠們就只是圍在四周對著二人吐吐信子，並不前進。

牧斐覺得身子沈重得很，意識卻漸漸清明了些，他拉了拉牧婷婷，道：「……別喊了，這地方太詭異，恐怕是個陷阱。」

牧婷婷哭著問：「那怎麼辦？難道我們就要死在這裡了嗎？」

「妳扶我起來。」

牧婷婷趕緊將牧斐的手臂搭在肩上，二人合力站了起來。

牧斐四下細看了一遍，似乎發現一些苗頭，突然靈光一現，喃喃說了句。「是奇門遁甲……」

牧婷婷問：「是、是什麼東西？」

牧斐豁然了悟道：「陣法，這宅子裡有陣法。」

「三哥懂陣法？」

「大哥的兵器庫裡有兵書，上面記載了一些奇門遁甲，我以前閒來無事時看過一些。」

牧斐認真囑咐道：「妳扶好我，一會兒我走哪兒，妳就跟著走哪兒，切不可走錯一步。」

「嗯。」牧婷婷連連點頭。

牧斐便按照印象中奇門遁甲的記載，試探地走出第一步，那些蛇竟開始紛紛後退；走出第二步，那些蛇全部溜回了花海中；第三步，四周的景象開始變化……最後一步踏出之後，出現在他們面前的是雅嵐居的大門。

「三哥，是大門。」牧婷婷驚喜地喊道。

牧斐催促道：「走，快出去！」

推開大門，二人狼狽地逃了出來，才一下臺階，牧斐的身子又軟了下來。牧婷婷急忙問：「三哥，你怎麼樣？」

「我不行了。」說完，牧斐向下一滑，徹底昏死了過去。

牧婷婷跪坐在地上，一邊搖一邊喊：「三哥，三哥！」

恰此時，雅嵐居的大門「吱呀」一聲打開了，牧婷婷抬頭看去，見是秦無雙出來了，忙對她哭喊道：「嫂嫂，妳終於出來了，快救救三哥！」

秦無雙先是一愣，隨即看清是牧婷婷。她快步下了階梯，見是牧斐躺在地上昏迷不醒，便迅速蹲下，問：「他怎麼了？」

牧婷婷哭道：「三哥中毒了。」

秦無雙立刻替牧斐把脈，一面問著。「究竟是怎麼回事？還有，你們怎麼會在這裡？」

牧婷婷一臉愧色道：「嫂嫂，對不起，是我帶三哥來的。方才我們為了找妳，就進了那宅子，誤入了陣法，裡面突然出現好多好多毒蛇，三哥為了救我，被毒蛇咬了。」

秦無雙把了會兒脈，卻見脈象平穩，並無異常。

聽到牧婷婷說牧斐被蛇咬了，她的眉尖不由得蹙了起來。「咬在哪兒？」

牧婷婷拉過牧斐被蛇咬到的手臂，掀起袖子道：「就這裡……」

秦無雙低頭細看，但見牧斐手臂光潔如玉，並無任何傷口。

第三十八章　父子對峙

「咦？」牧婷婷顯然也是一驚，怪道：「明明就是這裡啊，怎麼沒有了？」她以為自己記錯了，忙扯過另一隻手臂，掀起袖子一看，同樣沒有任何被咬傷的痕跡，一時愣住了。

秦無雙已然知道發生了什麼事，便半跪在地上，一手托住牧斐的後腦，一手狠狠掐了牧斐的人中。

牧斐頓時掙扎著坐起來，嘴裡亂喊著。「小心！蛇來了！走！」

牧婷婷見牧斐突然醒了，大喜過望。「三哥你醒啦，太好了。」

牧斐漸漸回神，一見秦無雙就在眼前，他先是愣了愣，旋即一把抓住秦無雙的雙臂，表情十分嚴肅地說：「秦無雙，我可告訴妳，離那宅子裡的人遠一點，那人會奇門遁甲，竟然在自己的宅子裡設陣法，可見對方身上一定有什麼不可告人的秘密。」

秦無雙瞅著他不說話。

他永遠都這樣自以為是，只要別人深藏不露，就一定是居心叵測，何況這次還是他先闖入別人的地盤，竟然惡人先告狀地給對方定罪了。

片刻，秦無雙站了起來，居高臨下地看著牧斐冷笑道：「還陣法，真是可笑，明明是你們私自闖進別人家，誤碰了大門內的曼陀羅花，吸入大量花粉產生了幻覺，竟還反過來構陷別人，幼稚！」

那蛇咬在皮肉上的痛感明明那麼真實，牧斐當即想要反駁，一面掀袖子欲用傷口自證。「不可能，爺明明……」說著，低頭一瞧，白皙的手臂上半點痕跡也沒有，他當場傻眼了。

秦無雙無奈地扶住額頭。「牧斐，拜託你多讀點書、多長點見識，省得出來鬧笑話，丟人現眼得很。」

牧斐從地上跳了起來，惱羞成怒地指著秦無雙道：「秦無雙，妳這是在瞧不起爺？」

秦無雙早就憋了一肚子火，她最討厭被人跟蹤，牧斐兄妹二人不僅跟蹤她，還闖進蕭大哥家裡，幸虧沒驚動蕭大哥，不然平白無故給人添了麻煩。

這會兒牧斐竟還有臉理直氣壯地反問她，她心裡那股火立刻躥了上來。她直直盯著牧斐，笑不達眼底，一字一句道：「對，在我眼裡你牧斐除了吃喝玩樂，其他什麼都不會，我就是瞧不起你，很瞧不起你。」

牧斐一時震驚得臉色又青又白。

牧婷婷忍不住想替牧斐解釋道：「嫂嫂，妳不能這麼說三哥，三哥其實是擔心……」

「跟蹤別人，擅闖民宅，你們還有理了？」秦無雙不待牧婷婷說完，轉頭就狠狠瞪了她一眼。

她怎麼也沒想到，竟是牧婷婷先暗地裡跟蹤了她。

牧婷婷頓時縮著脖子不敢接話了。

秦無雙不再理他們，轉身就朝自己的馬車走了過去。

牧婷婷看著秦無雙的背影，悄悄對牧斐道：「三哥，嫂嫂她好凶呀。」

「妳才知道！」

牧斐朝牧婷婷翻了個白眼，又狠狠地瞪著秦無雙決絕的背影，嘟囔道：「敢瞧不起爺，爺回去就把《孫子兵法》、《六韜》倒背如流給妳看，去！」

秦無雙剛從馬車上走下來，蕊朱與半夏便急急迎了出來，半夏道：「小娘子，牧老爺回來了，正在倪夫人房裡，倪夫人方才打發了人傳您進去拜見老爺。」

牧守業回來了？

秦無雙心下一驚，皺眉問：「何時回來的？老爺要回來，為何府裡一點消息也沒有？」

半夏道：「老爺這次回來誰也沒通知，是到了門上大家才知道的。」

牧守業身為鎮守邊疆的主帥，無詔不得隨意回汴都，這次回來，定是有詔在身。既是有詔，怎不提前派人通知府裡，也好讓大家準備準備，竟如此悄無聲息地回來了。

想到這裡，秦無雙隱隱覺得汴都城恐有大事要發生了。

秦無雙進入倪氏房裡時，正是一片寂靜無聲，明明座椅上坐滿了人，其他地方也站滿了人，就是沒有一個人說話，連呼吸都壓得很低，生怕驚擾到誰似的。

堂屋上首左邊主位上，坐著一位年約五十的中年男子。

那人生得挺鼻方腮、臥蠶眉、丹鳳眼，倒是相貌堂堂，細看與牧斐有六、七分相似。

只是表情過於嚴肅，光是坐在那裡，就有一股不怒自威的強大氣場，尤其眉峰凝著殺伐戾氣，讓人不敢直視。

他身上穿著石青色窄袖常服，大概是常年行軍打仗的習慣，袖口被纏臂纏得緊緊的，給人一種幹練果斷的感覺——這位，想必就是牧守業了。

他右邊坐著倪氏，左下首坐著幾位妾室，妾室後面站著牧家的女孩與一眾丫鬟、嬤嬤們，就是沒有老太君，想必已經見過了。

也難怪大家不敢吭聲了，光是往牧守業身邊一站就覺得壓抑。

祥嬤嬤一見她進來了，忙笑著說：「秦小娘子來了。」

眾人如釋重負似的齊齊看向她，有鬆了口氣的、有微微笑開的、有面無表情的，總算比方才輕鬆了些。

牧守業抬目看了過來，一時喜怒難辨。

祥嬤嬤趕緊命人倒了一盞茶遞給秦無雙。

秦無雙盈盈上前，在距離牧守業三步之處，屈膝跪地，舉手奉茶。「無雙拜見老爺。」

這是規矩，原本是新婦在過門後的次早向二老奉茶，只是她情況特殊，加上牧守業常年不在家，這是他們初次見面，論理論禮，她都得跪拜這一回。

牧守業看了祥嬤嬤一眼，祥嬤嬤會意，趕緊接了茶奉上。牧守業接了茶，卻沒喝，而是隨手放在一邊的茶几上，只道：「起來吧。」

秦無雙依言起身，垂眸而立。

「打哪裡來的？」牧守業隨口問道。

秦無雙斟酌著答：「才從外面回來。」

牧守業聽了，臉色有些黑沈，又問：「聽說妳在外頭不僅經營著秦家藥行，同時還開了個什麼花圃，整日忙進忙出的？」

秦無雙忽然察覺到事情有絲不對勁了，想了想，還是坦然承認。「是有這麼一回事。」

牧守業語氣一沈，疾言厲色道：「哼，無論妳以前是什麼身分，如今妳既已嫁入牧家，就該遵守牧家規矩，安安分分地在家相夫教子、學習中饋之術才是，怎好日日在外拋頭露面，成何體統？」

入牧家門之前，她曾讓祖母對牧家提過要求——若要她嫁進牧家，牧家需先允諾她過門後不得干涉她經營生意，且答應她生意上所得淨利盡歸她自己所有。

這也是牧老太君答應了之後她才過的門，就是為了避免現在這般進退兩難的狀況。

沒想到牧守業一回來，就有人迫不及待地在他耳邊嚼舌根，想必當初此事許是牧家的人並未如實告訴牧守業，許是老太君還未來得及告訴牧守業，才造成牧守業對她諸多不滿。

牧守業見秦無雙不說話，便端起了茶，一邊拂著茶沫，一邊道：「既然妳已經進了牧家的門，那麼從此以後妳就應該好好待在……」

正在此時，二門上的小廝急急跑了進來。「老爺，小官人回來了。」

牧守業一聽，臉面一繃，將茶盞重重放在茶几上，中氣十足地喝道：「叫那個孽畜進來！」

他聲音猛地拔高，嚇了秦無雙一跳。

牧斐已經換了件淺藍色的袍子，聽到牧守業那一聲怒喝，反而一臉沒事似的大搖大擺走了進來，然後在秦無雙身旁跪下，拱手朗聲喊道：「孩兒拜見父親。」

不知是不是錯覺，秦無雙隱隱約約從牧斐的腔調中捕捉到一絲叛逆。

「又野哪裡去了？你還知道回來！」

倪氏見牧守業一臉風雨欲來的架勢，忙在一旁勸和道：「老爺，好好說話不行嗎？怎麼你們父子每回一見面就吵上呀。」

牧守業轉頭不滿地瞅著倪氏數落道：「聽說老太君斷了這孽畜的財路，這孽畜為了在外面吃喝玩樂，竟把妳的嫁妝給敗光了？」

倪氏一聽，辯解道：「沒有的事，我的嫁妝一件不少的在箱子裡，這又是誰在背後亂嚼舌根？」說著，目光狠狠地在那一票妾室臉上掃過。

妾室們哪敢吭聲？一個個垂著頭不敢說話。

牧守業道：「哪還有誰嚼舌根？我在軍營聽說得一清二楚。我時常說『慈母多敗兒』，孽畜如今這般模樣，都是妳縱的。」
這是最近的事情，且不過是些日常小事，竟然能傳到遠在雁門關的軍營裡頭去，若不是有心人故意傳播又怎麼可能呢？
想到這裡，秦無雙不由得皺起了眉頭。
倪氏無可分辨，雙眼一紅，竟哭了起來。「好端端的，怎麼又怪我了？我委實命苦啊，但凡光兒還在，我也犯不著這樣委屈。」
牧守業一聽倪氏哭哭啼啼就來氣，不由得怒道：「若是光兒還在，這孽畜早就被我幾棍子打死了！」
倪氏頓時嚇得不敢吭聲，心裡直懊悔這個時候提什麼光兒。
秦無雙沒想到牧守業與牧斐之間竟有如此深的隔閡，她悄悄覷了牧斐一眼，只見他跪在地上，腰桿挺得筆直，雙手垂在身側傲竹似的撐著，雙拳握得死緊，垂首不說話。
牧守業似乎看到牧斐就來氣，指著他斥責道：「你說說你，渾身上下哪點比得上你大哥？整日只知道惹是生非、遊手好閒、一事無成，簡直就是個廢物！」
牧斐突然抬起頭，硬著脖子直視牧守業的厲目道：「您老既然如此厭惡我，當初為何不在孩兒生下時就一棍打死孩兒？省得如今見了心煩！」
牧守業抓起茶盞就往牧斐身上用力一擲，牧斐也不閃躲，面不改色地跪著，那茶盞擦著牧斐的臉頰而過，「啷」一聲碎在地上。

第三十九章　矛盾

「孽障！一年多了，半點長進都沒有，倒學會頂嘴了，看我今日不打死你！」

眼見牧守業就要抄鞭子，秦無雙撲通一聲跪在地上替牧斐分辨道：「老爺息怒，小官人他並非沒有長進，石老夫子與太后娘娘此前都在誇小官人聰敏絕頂、格局非凡，若好好努力，將來必成大器。」

倪氏哭著站起來，手足無措地跺腳道：「老爺啊，您非得一回來就對斐兒又打又罵嗎？斐兒雖有錯，但罪不至死，您這一鞭子下去，倘若傷到他的頭……那可是會出人命的啊，老爺這麼做，成心是想讓老祖宗不放心啊！」

一提到老太君，牧守業果然露出了一絲忌憚的表情。

劉姨娘見狀，忙站起來幫腔。「是啊是啊，老爺，您才回來，凳子還沒坐熱呢，就別怪阿斐了，消消氣，喝喝茶，別嚇著孩子們。」說著，對祥嬤嬤使了個眼色，祥嬤嬤也沒多想，立即命人重新沏了一杯茶送上來。

秦無雙瞥了劉姨娘一眼。

再端一杯熱茶上來，這是希望牧守業再砸牧斐一回不成？

原本牧守業已經收斂了三分怒氣，卻見牧斐滿臉不甘地盯著他，心裡不禁又火起來，眼看又要拿東西砸牧斐。

秦無雙見狀，重重叩了一頭高喊道：「無雙請老爺相信小官人、相信太后娘娘、相信無雙，太后娘娘既然命無雙陪同小官人讀書，就是相信有朝一日以小官人的聰明才智一定會出人頭地的。」

光潔的額頭叩在青石地板上，清脆的聲音令人心中一震，大有一股文臣死諫的氣概。

牧守業怒氣一滯，垂眸看向秦無雙，有所動容。

牧斐的神色也是倏然一鬆，轉頭看了秦無雙一眼。她用的是「陪同」而不是「督促」，而且她信他。她的背脊很瘦弱，雖弓著，但這一剎那給人感覺像是能頂天立地、扛起一切。

牧守業閉上眼睛，忍了又忍，最終向牧斐拍案喝道：「還不滾出去！」

牧斐立刻起身拉秦無雙站起來，然後迅速鬆開了手，自己在前面大步離開了。

出了倪氏的院子，牧斐等了一下，見秦無雙跟了上來，便瞅了她一眼，撇了撇嘴，道：「想笑妳就笑，不用憋著。」

秦無雙一臉正色道：「我一點也不覺得好笑。」

牧斐愣了一下，看著秦無雙的目光裡有些意外。他本以為這麼丟人的事情，一定會被秦無雙拿來取笑的。

秦無雙微微垂眸、眉尖若蹙，不知道在想什麼。牧斐瞧見她白皙的額頭染上一團紅印，心知那是方才她用力磕在地上砸出來的。

心，倏地一抽，不知是疼的，還是驚的。

「疼嗎？」他問。

「什麼？」秦無雙轉眸看向他，一時沒反應過來。

牧斐抬手指了指秦無雙的額頭，眼神裡閃動著關切。

秦無雙抬手摸了下額頭，搖了搖頭，淡然道：「習慣了，不疼。」

習慣了？難道她以前經常給誰叩頭不成？他隱約記得秦老太太家教甚嚴，後輩若犯錯，動輒就會罰跪祠堂思過……

正想著，有人喊了聲。「三哥。」

二人朝聲音方向望去，只見牧婷婷急匆匆地從外面跑了過來。

見秦無雙也在，牧婷婷先是對她甜甜一笑，然後問牧斐。「三哥，你以往一聽見父親回家，就恨不得在外頭躲得遠遠的，怎麼今兒個反倒快馬加鞭趕回來了？」她撫著胸口喘氣道：「……我都追不上你。」

牧斐悄悄看了秦無雙一眼，恰巧秦無雙也轉頭看他，他立刻不自在地別開臉，一言不發。

牧婷婷見牧斐臉色不好，便問：「父親是不是又苛責你了？」

又？

難道每次牧守業回來都會這樣訓斥牧斐？

看來以前聽到的傳言都是真的，秦無雙心裡不由得有些心疼牧斐。

牧斐賭氣道：「反正我不管做什麼，在他眼裡永遠都是個廢物。」

牧婷婷上前拉了拉牧斐的袖子，勸道：「三哥，你別這麼說自己。」

正說著，突然聽見有人喊道：「三弟、四妹妹。」

三人轉頭，看見牧重山迎面走了過來。

牧婷婷笑著喊：「二哥，這次你也回來了啊。」

「嗯。」牧重山微微點頭，來到三人面前，先是細細打量了秦無雙一番。

秦無雙也藉機打量起牧重山。

牧重山乃劉姨娘所生，眉眼像極其母，流露出一股精明。他比牧斐大五歲，比牧重光小六歲，自小跟在牧重光屁股後面有樣學樣，長大之後，乍看倒也有幾分相似。但牧重山畢竟是庶子，加上並無真本事，成不了大氣候，是以並不受牧守業疼愛。

直到牧重光死後，牧守業恍惚間在牧重山身上看見了幾分牧重光的影子，這才對他另眼相待，將其帶在身邊，一起鎮守邊疆去了。

「這位，想必就是弟妹了？」

秦無雙微微欠身行禮。「無雙問二哥好。」

牧重山頷首，沒再說什麼。他轉頭看向牧斐，語重心長地勸道：「三弟，父親正在氣頭上，才說了那些氣話，回頭你去他跟前好好認個錯，父子之間，別弄得跟仇人似的，見面就吵。」

牧斐聽了，頓時對牧重山吼道：「我做了什麼，要去他跟前認錯？」

牧重山道：「父親一回來，就聽說你這一年多來在家中的所作所為，少不得要氣上一陣。不是二哥說你，你老大不小了，也該懂事了。」

牧斐最是見不慣牧重山一副假惺惺的樣子，便向地上啐道：「呸！少貓哭耗子假慈悲了，別以為我不知道那些話是誰加油添醋傳到父親耳朵裡去的？還有，我怎麼樣，何時輪到你來教訓了？」說完，一轉身，氣沖沖地走了。

牧重山只好抱歉地看向秦無雙，嘆道：「三弟就是這樣的脾氣，平日沒少給妳氣受吧？」

不知怎地，乍一看牧重山是有幾分謙謙君子的感覺，但稍微相處下來，就會讓人感到莫名彆扭，就好像戴著一張假面具在同你講話。

秦無雙客氣一笑。「並無，我們相處得很好。」

牧重山微微一愣，遂又笑了笑。「那就好，三弟以後還需拜託妳多多照顧。」

「應該的。」

牧重山走後，秦無雙拉著牧婷婷來到僻靜處。「婷婷，妳三哥與二哥之間……是不是有什麼矛盾？」

牧婷婷嘆道：「唉，嫂嫂看出來了？我三哥與二哥一向不和呢。」

「可是因為嫡庶的身分？」

「倒不完全是，主要因為三哥覺得二哥在模仿大哥，還妄圖取代大哥。二哥呢，每每見了三哥，也總喜歡學著大哥的樣子教訓三哥。」

難怪一個庶子竟能理直氣壯地教訓起嫡子來了，要知道大家族中，嫡庶等級觀念甚嚴，是不允許庶子頂撞嫡子這類事情發生的。

前世她就對牧家已故的、文武兼修的奇才牧重光略有耳聞，不由得好奇道：「妳大哥……是一個什麼樣的人？」

牧婷婷道：「其實我對大哥沒什麼印象，因為他在我很小的時候就死了，只是偶爾從娘和老嬤嬤那裡聽說一些大哥的事情。大哥比三哥長十一歲，聽說三哥剛出生時，大哥就已是汴都城裡家喻戶曉的『武秀才』。」

「武秀才？」秦無雙聽過傳言說牧重光能文能武，但還沒聽過「武秀才」這個稱號。

牧婷婷點頭。「因為大哥十歲就去參加武舉比賽，一舉奪魁，同時還是應天書院裡年紀最小的上舍生。後來大哥升為上舍中等生，獲得皇上殿試的資格，聽說皇上殿試時，戲稱大哥是個『武秀才』，自那之後，大哥便有了『武秀才』這個美名。」

應天書院是汴都城裡最高級的學府，祁宋私學興盛，官辦書院卻不多，其中最有名氣的四大官辦書院是為汴都應天書院、九江白鹿洞書院、知州岳麓書院、洛陽石鼓學院。

而這些官方書院只招有名望、有權勢的家族子弟，但不是每個家族子弟都能進去，還須有真才實學才行。也因如此，許多人擠破了頭都進不去。

這些個官方書院將學子分為三舍生。

其中，外舍生是給有真才實學卻無背景的學子們旁聽的名額，若成績特別優異，可經先生舉薦升為中舍生。

中舍生是那些貴族中有才學的子弟，在這些中舍生裡，成績考核優異的就可以升為上舍生。上舍生又分三等生，需經過各種考核，一等一等遞升。上等生可以直接任命為官，但要求很嚴，俗稱推恩官，名額只有一個；中等生可以不參加「省試」，直接參加「殿試」；下等生則可以不參加「鄉試」，直接參加「省試」。

而牧重光就是當年應天上舍生裡面年紀最小的中等生。

難怪……

牧家出了牧重光這個天之驕子，古板固執的牧守業怎麼可能接受與牧重光有著天壤之別的紈袴子牧斐？

秦無雙終於明白牧斐為何不愛讀書考功名，他有一個高山般的大哥擋在面前、無法逾越，更讓他無法逾越的是牧守業對他的成見與偏心——或許，自甘墮落是牧斐對牧守業無聲的抗議吧。

「那後來，大哥是怎麼死的？」

牧婷婷突然緊張地四下看了看，然後湊近秦無雙，壓低聲音道：「父親對大哥的死一直諱莫如深，不准府裡的人隨意談論。不過，據我所知，大哥好像是死於軍中瘟疫……」

回到紫竹院，見芍藥正從屋裡走出來，秦無雙隨口問道：「小官人呢？」

芍藥道：「才上床睡了。」

秦無雙進了堂屋，原是要回自己屋裡，想了想，腳步一轉，走進了西屋。

牧斐聽見動靜，翻身一看，見是秦無雙，便問道：「妳來幹什麼？」

「牧斐，我們談談。」

「爺煩著，一切免談！」說完轉身蒙著被子又睡了。

「……那你早些歇息。」

秦無雙剛要走，聽見牧斐在被子裡喊了一聲。「慢著！」

牧斐掀開被子，撇了撇嘴。「……我這些火氣不是衝著妳來的。」

「我知道。」秦無雙認真地看著他。「對不起，今日我不該那樣說你。」

牧斐的眸子一瞬間閃動，隱隱泛著亮光，又沮喪地垂下眼眸，道：「妳說得沒錯，我就是一無是處。」

「如果連你自己都覺得自己一無是處的話，那你就真的一無是處了。」

牧斐抿唇不說話了。

秦無雙定定地正視著牧斐，鼓勵他道：「牧斐，不想活在別人的陰影下，那就努力強大起來，做你自己，讓所有人看看，你就是你，你牧斐不會代替誰，也不會被誰代替。」

牧斐猛地抬頭看向秦無雙，眼裡閃過一絲渴望，但很快又被他掩蓋了下去。

該說的，一、兩句足矣。說完，秦無雙便轉身出去了。

翌日，牧斐起了個大早。

秦無雙出屋子時，正好看見牧斐在親手擺放早餐。見了她，很不自然地笑了笑，又將平時秦無雙坐的雕花墩往後挪了挪，方便秦無雙落坐。

秦無雙不明所以地坐下，牧斐竟然殷勤地替她盛了一碗玉米羹。

安靜地吃著早餐，秦無雙終於等到牧斐開口。「那個……我問妳一件事。」

第四十章　脫褲子

「你問。」

「……妳那一身好功夫是從哪裡學來的？」

秦無雙瞥了他一眼，不答反問。「你想學？」

牧斐急忙否認道：「不想學，我……就是好奇，隨便問問。」

秦無雙放下碗，道：「是我娘教的。」

「妳娘？」牧斐顯得很詫異。

秦無雙轉眸看著他，平靜地說：「我娘是江湖賣藝出生的。」

牧斐一聽，睜大眼睛。「那妳娘是不是跟妳一樣，很厲害？」

秦無雙看得十分清楚，那眼裡有驚愕、有佩服、有豔羨，就是沒有輕視。

她微微一笑道：「我與我娘這點拳腳功夫不算什麼，真正厲害的人在江湖、在戰場。你之所以覺得我厲害，是因為你還沒有見過更厲害的人。」

牧斐立刻反駁。「我見過。」說完，他忽然抿緊了嘴，眼裡剛起的一簇火，轉瞬又歸於黑暗了。

秦無雙知道牧斐說的是牧重光，那座他可望而不可及的高山。

「我並不厲害，只是會用醫術結合武術攻克人類的弱點，從而巧勝，一旦遇到真正厲害的對手，我其實並沒有把握能打敗對方。」
「那……妳從何時開始練武的？」
「我自幼體弱，胎裡帶病，險些養不活，起初我娘只是為了讓我強身健體，於是從三歲半開始教我扎馬步。」
牧斐聽了，微微蹙眉，看著秦無雙的眼神裡似乎多了幾分理解。「之後呢？」
秦無雙見牧斐問得這般仔細，心裡便有了底，於是故意將她練功的過程細細說了出來。
「馬步一扎就是五、六年，之後又練站樁，這些都是穩住下盤的基本功，只有下盤穩了，全身力量才能收放自如……自從苦練這些基本功後，我確實少生病了。」
牧斐接著又問了許多關於基本功的事情。
這大概是秦無雙進入牧家以來，二人聊得最愉快的一次。
從園子回來時，已經是掌燈時分了。秦無雙換了衣裳、洗了手，準備在堂屋吃晚飯，無意間瞥見西屋門簾垂著，芍藥和幾個丫鬟都在門外小聲聊著天。
秦無雙便喚來芍藥問：「小官人呢？」她已經接連許多天未見到牧斐了。
「在房裡呢。」芍藥指了指西屋，刻意壓低聲音道：「這些日子小官人一直把自己關在房裡，也不准我們進去伺候，不知是不是因為老爺回來了的緣故。」

秦無雙聞言微微蹙眉。「之前老爺回來，他也是把自己關在房裡不出來嗎？」

「不會關在房裡，但儘量不出紫竹院。」芍藥同情地看了西屋一眼，又道：「小娘子若是有空，還望您能進去看看小官人。」

秦無雙以為牧斐在房裡睡覺，所以動作格外輕。她掀起簾子，一眼便看見身著寢衣的牧斐正扎著馬步，屁股底下還點了一根粗蠟燭，整個人大汗淋漓。

牧斐突然看見秦無雙闖進來，一個重心不穩，「咚」地一屁股坐了下去，緊接著便「哎喲」一聲，捂住屁股跳了起來。

秦無雙趕緊上前扶住他問道：「你沒事吧？」

「妳、妳怎麼進來了？也不出個聲。」牧斐一時又羞又急又痛道：「哎喲，我的屁股……」

「我以為你在歇息，擔心吵到你。你趴床上去，讓我看看屁股怎麼樣了？」秦無雙扶著他往床邊走。

牧斐遲疑了一下，終究是扛不住火燒屁股的疼痛，聽話地上床趴下。

秦無雙坐在床沿，正要去脫牧斐的褲子，牧斐猛地轉頭死拉住褲子，戒備地瞪著秦無雙說：「妳幹麼？」

「脫褲子啊。」

「脫褲子幹麼？」

秦無雙見他一副防色狼的眼神，十分無奈道：「不脫褲子你要我怎麼察看傷口？」

牧斐這才鬆了手，重新趴回去，還再三警告道：「說好的，只是察看傷口，不准對我有非分之想。」

秦無雙咬牙道：「你放心，我是個大夫，而且我對你的屁股不感興趣。」

牧斐哼唧唧地「切」了一聲，嘴裡小聲嘟囔著。「我可是每日會用七種香料沐浴，香著呢。」

秦無雙像是沒聽到一樣，將牧斐的褻褲緩緩脫下。褻褲已被燒了一個半指寬的黑色焦洞，好在沒黏住皮肉。

她細細檢查了一下傷口。「起了兩個燎泡，並無大礙，稍後我用清涼膏替你塗一塗。記住，這些日子趴著睡覺，不要坐、不要碰水，待燎泡消了，結痂之後就好了。」

牧斐見她起身要走，忙問：「妳去哪兒？」

「我去拿清涼膏。」

牧斐彆扭地說：「……別告訴他們，很丟人。」

難得見牧斐露出這般羞恥的表情，秦無雙瞧在眼裡，實在忍不住噗哧笑了出來。

牧斐一臉哀怨地瞪著她，她只好斂住笑，強繃著臉道：「知道了。」

拿了清涼膏回來，秦無雙正欲替牧斐塗，想了想，還是將清涼膏遞給牧斐。「給你。」

牧斐看著她。「給我做什麼？」

「自己塗藥啊。」

牧斐本想接過來，忽然心下一動，撇嘴道：「我的腦袋後面又沒有眼睛，怎麼塗得到？——不如，妳幫我塗吧。」說完，可憐兮兮地看著她。

秦無雙睞著牧斐，抿唇笑而不語。

牧斐轟地一下感覺臉頰燒了起來，慌忙別過臉去看向別處。

冰冰涼涼的藥膏冷不防地搽在燎泡上，疼得牧斐差點從床上蹦了起來。他趴在那裡，死死握住拳頭，額頭上的青筋突突直跳。

秦無雙見狀笑道：「一點小傷就能把你疼成這副模樣？」

牧斐咬著腮幫子強笑道：「怎麼可能。」他一面內心硬扛著，一面裝作沒事的樣子趴好。

誰知，等他真的放鬆下來，疼痛感消失了，取而代之的是秦無雙溫熱的指腹，摩擦著皮膚產生的輕微酥癢感，就好像三月江南的杏花拂過他的臉龐似的，酥到了心底深處。

只是，他還沒來得及好好享受這份異樣的感覺，就聽見秦無雙說：「塗好了。」

心底，莫名漾起一抹失落。

「你早點歇息，我走了。」秦無雙起身，將清涼膏放在床頭小几上，轉身欲走。

牧斐莫名一急，下意識抓住了她的手，脫口而出。「謝謝妳。」

秦無雙愣了一下。如果她記的沒錯，這可是兩輩子以來，牧斐對她說的第二句「謝謝」，而這句，最為真誠。

牧斐見秦無雙發愣，怕她不理解自己的意思，便又補充了一句。「謝謝妳那日的一番話。」讓他有了重新做自己的勇氣，為此，他願意努力、願意嘗試、願意挑戰。

秦無雙笑開。「要謝你自己，你不努力，謝誰都沒用。」說完，她垂眸看了牧斐的手一眼，搖了搖。「……還不放手？」

牧斐本來是要放的，誰知莫名其妙從嘴裡蹦出一句。「死也不放。」

此話一出，二人齊齊愣住。

牧斐不知道自己到底怎麼了，感覺像是被什麼東西控制了思想，有些話完全不經思考就說了出口，嚇得他趕緊鬆開秦無雙的手。「對、對不起，是我糊塗了。」

秦無雙卻看著他，久久說不出話來。

「小雙？」

秦無雙猛地回過神，抱歉地看著蕭統佑。「對不起，蕭大哥，我走神了。」

蕭統佑拍了拍手上的泥土，從地裡站了起來，淺笑道：「我見妳心神不定，今日就到這裡吧。」

今日，原本是在跟蕭統佑學習牡丹的嫁接法，這種牡丹嫁接牡丹的方法，可以促使牡丹迅速生長，而且會開出一種前所未見的花，一定會受汴都愛花人士的喜愛。

可她卻總是有意無意地想起牧斐的臉，想起昨日他突然說出的那句「死也不放」，委實有些不在狀態了。

「也好。」

她剛起身，蕭統佑忽然朝地上「噗」地一聲，吐了一口血出來。

「蕭大哥！」秦無雙忙上前扶住他。

蕭統佑虛弱地擺擺手，語氣溫和地反過來安慰她。「……無妨，老毛病而已。」

自他們相識至今也不過幾個月，秦無雙卻親眼看見蕭統佑吐了兩次血，更遑論平日。

「烏雷，快幫忙把蕭大哥扶進去躺著。」

烏雷聽見喊聲，立刻從屋裡衝了出來，熟練地將蕭統佑揹在身上，急匆匆地回到了屋內。

秦無雙坐在床邊，一面替蕭統佑扎針，一面詢問。「蕭大哥現在感覺怎麼樣？」

蕭統佑露出一抹笑。「好多了，謝謝妳，小雙。」

秦無雙隨口問道：「蕭大哥的血厥之症有些年頭了吧？」

「咳咳……」蕭統佑的臉色一時白得近乎透明，說話時氣息不濟。「嗯，十多年了。」

這時，烏雷端著一碗剛剛煎好的藥上來。「主人，喝藥了。」

蕭統佑伸手端起藥，秦無雙鼻尖一動，瞅著那碗藥，突然道：「慢著。」

蕭統佑不解地看向秦無雙，秦無雙從蕭統佑手裡端過藥，仔細嗅了嗅。

烏雷見狀，忙緊張地問：「秦娘子，可是這藥有問題？」

秦無雙搖了搖頭。「藥是沒問題，只是不怎麼對症，效用不大。」

烏雷道：「這藥可是請……」他猛地打住，臉色有些黑沈，頓了會兒又接著說：「請最好的大夫開的方子，主子已經服了十年了，怎麼會不對症？」

秦無雙將藥遞給烏雷，道：「引起血厥的原因很多，症候也不同。而且十年了，極有可能當初的症候已經發生了變化，成了另一種症候，再用原來的方子自然不能對症。我瞧蕭大哥脈象，此症候多是積鬱於心肺，衛陽不足，加之……經年陰症逆損所致。」

烏雷追問。「何為陰症？我此前從未聽大夫提起過。」

秦無雙解釋道：「陰症乃慢驚受嚇起病，病後或吐瀉，或藥餌傷損脾胃，肢體逆冷、口鼻氣微、昏睡露睛……總之，是脾虛生風，無陽之症。」

蕭統佑忽然問：「那會怎麼樣？」

第四十一章　示好

秦無雙看著他，徐徐說道：「若當初處置得當或可斷根，如今看來，當初處置有誤，才導致肺臟受病而羸虛……」

蕭統佑聽了，面上依舊雲淡風輕的，似乎對此事早已心知肚明，只不過今日才揭破而已。

烏雷撲通一下跪在地上，向秦無雙重重叩頭，央求道：「求秦娘子救救我家主人。」

秦無雙伸手拉起烏雷，目光堅定道：「你快起來，我一定會救蕭大哥的。」

她轉頭對蕭統佑囑咐道：「蕭大哥，這藥你就先別吃了，待我回去之後重新調配。你放心，只要有我在，一定不會讓你有事的。」

蕭統佑看著她，鳳目裡盈滿笑意。「小雙，有勞妳了。」

因心裡記掛著要給蕭統佑配藥，從雅嵐居出來之後，秦無雙立即趕到朱雀門正店，連夜重新配了一副藥。

又想到煎煮繁瑣且服用不便，便一連多日來到店裡，將配好的藥煉製成藥丸。

藥丸煉製完成後，她便第一時間送到了雅嵐居。

「蕭大哥，這是我製的藥丸，兩日一粒，這一瓶可以服用一個月，蕭大哥先服用一個月看看，若是吐血間隔拉長，手腳冰冷緩解，就證明症候對上了。」

烏雷見狀，一把搶過秦無雙手裡的藥瓶，道：「我先吃。」

秦無雙愣了一下，隨即反應過來，烏雷怕是擔心藥丸有問題，所以不敢貿然讓蕭統佑服下。她正要開口解釋，就見蕭統佑淡淡橫了烏雷一眼，烏雷只好乖乖將藥瓶奉上。

蕭統佑拿了藥瓶，轉頭看向她微微一笑。「無論如何，我信小雙。」

說完，打開瓶塞，倒了一粒藥丸在手心，隨後塞進口中，仰頭吞了下去。

一旁的烏雷連忙捧著水杯奉上。

只一句話，說得秦無雙心裡暖暖的，從此以後，越發將蕭統佑當親人看待了。

牧守業回來之後，秦無雙總共只見到他兩次。第二次，牧守業見到她，相比之前客氣了許多，不知是不是老太君對他說了些什麼，總之，他沒再要求她不得出去經商。

秦無雙不知道牧守業為何會突然回來，只知道他回來不到兩個月就走了，但是留下了牧重山。

聽說樞密院使金長晟替牧重山在汴都城裡謀了一個武職，自那之後，劉姨娘的腰桿挺得更直了。

芍藥跟秦無雙說，以前牧守業回來都會考察牧斐的功課，然而這回自從那日父子倆吵得不歡而散，直到牧守業離開，牧斐都不知道。

牧斐為此失落了好幾日，自那之後也不出去玩了，只經常在院子裡扎馬步。

秦無雙沒想到的是，牧斐竟會對練功一事如此認真，但對讀書考功名仍舊提不起興趣。也許是牧斐稟賦極佳、天生武才，不過短短幾個月，他的馬步已經扎得如同兩腳在地上生根一般，一扎就是一個多時辰。為了加深難度，他還在自己頭上頂了一碗水，又在兩個拳頭上放書。

每日丫鬟、小廝們都在院子裡幫他加油，一旦扎馬步的時辰超過前一日，牧斐就會高興地賞他們一些碎銀子，至此之後大夥兒就越發喜歡督促他練功了。

秦無雙見了，也不逼他唸書，人各有志，既然牧斐骨子裡喜歡習武，又何必阻擋他成長，就當讓他練身體了。至於讀書考功名，也許只有等他真正意識到現實的殘酷，才會真心接納。

秦無雙的牡丹花圃已經進行到最後階段了。

如今建好的花圃遠遠一看，就像幅山水畫，所以，秦無雙便將牡丹花圃園改成了牡丹山水園。

一日，牧斐突然拉著蕊朱悄悄地問：「蕊朱，聽說妳同小娘子從小一塊兒長大的？」

蕊朱看著神秘兮兮的牧斐，不知他要做什麼，只能怯怯點了下頭，回道：「是、是的。」

「那妳肯定知道妳家小娘子喜歡什麼吧？」

蕊朱一時沒反應過來。「什麼……什麼？」

「就是小娘子的喜好，這很難懂嗎？」牧斐顯得有些著急。

蕊朱終於反應過來，小官人這是在向她打聽小娘子喜歡的事情，於是笑著道：「我家小娘子最喜歡賺錢啊。」

「賺錢……」牧斐捏著下巴思索了半晌，搖了搖頭。「不是這種，換一個。」

「啊？」蕊朱一臉懵。

「就是除了賺錢，還喜歡其他什麼？」

蕊朱脫口道：「自然是喜歡小官人聽話，好好讀書考功名啊。」

牧斐聽了，嘴角忍不住抽搐了一下，他用力抿了抿唇，又道：「這個……太不立竿見影，再換一個，譬如喜歡吃什麼？」

「讓奴婢想想。」蕊朱忽然拍手道：「對了，我們家小娘子喜歡吃李和吉的炒栗。」

「炒栗……」這都是什麼啊？牧斐搖頭。「那玩意兒有什麼好吃的，再說，太廉價了些，還有呢？」

蕊朱聳肩撇嘴道：「我家小娘子從不挑食，只要有吃的就行，委實沒有什麼特別喜愛的。」

秦家好歹是富商名門，嫡出的小姐不說金尊玉貴養出來的，錦衣玉食總該俱全，誰家娘子不是挑三揀四、選最好的？秦無雙竟然只要有吃的就行，還不挑食。仔細想想，便知道秦無雙在秦家過得還不如牧家的一個丫頭，思及此，牧斐心裡很不是滋味。

轉念一想，幸虧秦無雙嫁給了他，往後，他一定要把牧家最好的都給她。

他眼珠子滴溜一轉，湊近蕊朱，試探地問：「那……人呢？」牧斐怕蕊朱聽不懂，又補充了一句。「你們家小娘子喜歡什麼類型的男人？」

蕊朱這下總算搞清楚小官人一大早拉著她問東問西的目的了——原來是打算從她嘴裡問出小娘子喜歡什麼樣的男人。雖不明白小官人此舉何意，但想著此前小官人對小娘子的種種為難，無論如何也要給他添添堵才行。

想著想著，計上心來，蕊朱眉開眼笑地豎起手指道：「這個奴婢知道，我們家小娘子喜歡有學問、有風骨的人。」

牧斐怪異地瞅了蕊朱一眼。「……何以見得？」

蕊朱鬼鬼祟祟地四下看了看，才向他壓低聲音道：「因為我們家小娘子在給小官人沖喜之前，險些與她的青梅竹馬訂了親。」

牧斐心弦驀地一緊。「青梅竹馬？什麼青梅竹馬？我怎麼不知道？」

蕊朱瞧在眼裡，偷笑了一聲，越發加油添醋了起來。「小官人不知道的事情多著呢，小娘子的青梅竹馬是景大官人的得意門生，是一位非常有學問、有風骨的公子。本來二人已經約定好，待楊公子登科及第就上門訂親，誰知被你們牧家截了胡。牧家老太君和夫人親自上門提親，秦家哪敢不從，我們家小娘子便只能與她的青梅竹馬一刀兩斷了。」

原來秦無雙過門之前還有個小相好的……

一想到這裡，牧斐就覺得胸口似被重石壓住，堵得慌，臉色一時青白交加，欲言又止了半晌，才小聲嘟囔道：「嫁給我，她也不虧呀。」

蕊朱精明一笑，故作未聽清，追問道：「小官人說什麼？」

「沒、沒什麼，今日我問妳的這些事情，暫時不要跟妳家小娘子提起。」

蕊朱「哦」了一聲。

「三哥！」

牧婷婷的聲音突然在二人身後炸開，嚇了他們一大跳。

牧斐轉身斥道：「臭丫頭，想嚇死妳三哥啊。」

牧婷婷一臉賊笑地瞅著牧斐，用手點了點他的臉。「只有作賊心虛的人才會被嚇到，三哥，你心虛了？」

牧斐對蕊朱做了個退下的手勢。「妳先下去吧。」

蕊朱應了一聲「是」，便離開了。

牧斐轉身就走，牧婷婷跟在身後追問。「三哥，我見你拉著蕊朱說了大半天，老實交代，你是不是又再打什麼鬼主意？」

「沒有的事。」

「哄我呢，三哥臉上可是寫著『我有心事』四個大字。」

牧斐停下腳步，心虛地摸了摸臉，反問道：「有這麼明顯？」

牧婷婷雙眼閃動著好奇的光芒。「那就是有嘍？三哥，快告訴我嘛。」

「罷了，告訴妳也無妨。」牧斐纏不過牧婷婷，只得如實相告。「過幾日，不是……那個……妳嫂嫂生辰嗎？」

「嫂嫂生辰？」牧婷婷驚呼。

牧斐噓道：「小聲點。」

牧婷婷眨巴著眼睛問：「所以，三哥打算……」

「我原是想找蕊朱打聽一下妳嫂嫂的喜好。」

牧婷婷順其意得出結論。「所以三哥打算投其所好，送嫂嫂生辰禮物？」

牧斐乾咳了一下，點頭道：「……差不多，是這個意思。」

牧婷婷立即拍手贊同道：「這個好，這個好，沒想到三哥也有這等覺悟，嫂嫂知道了一定很開心。」

牧斐白了她一眼，旋即露出愁容。「只可惜蕊朱那丫頭說的一個都沒有用。」

牧婷婷想了想，靈光乍現道：「我有個法子，三哥可以為嫂嫂畫一幅美人圖送給她啊。」

牧斐面露遲疑道：「我、我已經許久未動筆，只怕生疏了。」

牧婷婷立刻吹捧道：「三哥就別謙虛了，你以前可是汴都風月界鼎鼎有名的『美人畫師』，畫嫂嫂豈不是輕而易舉？再說了，蕊朱說嫂嫂喜歡風骨文人，那就待嫂嫂生辰那一日，你打扮成文人的模樣，往嫂嫂跟前一站，吟兩首詩，再把嫂嫂的美人圖奉上，嫂嫂定然歡喜。」

牧婷婷描述的畫面在牧斐腦海裡過了一遍，想著秦無雙羞答答地接過他送的畫，他的心突然猛地跳了一下。

是日，秦無雙生辰，但她自己全然忘記，一大早就趕到牡丹山水園裡檢查花的長勢。

新建的攬月樓上，牧斐身著寬袍廣袖，愣是將道袍的儒雅風流穿出了矜貴倜儻的感覺，他頭戴蓮花小冠，手持摺扇，扶欄眺望。

此番位置正對著下面忙碌的秦無雙。

牧斐清了清嗓子，一手握著畫卷背在身後，一手悠閒地抖開摺扇，正當他準備開喉吟誦《關雎》時，眼角餘光忽然瞥見一白一黑兩道人影走進園子裡。

第四十二章　截胡

「小雙。」

秦無雙正低頭剪著花枝，突然聽見身後有人喚她，轉頭一看是蕭統佑。

她連忙放下剪刀，快步走到蕭統佑面前，驚喜地問：「蕭大哥，你怎麼來了？」

蕭統佑身著一襲白色錦袍，素簪束髮，眉目清俊溫雅，嘴角噙著一抹暖化人心的笑意。

「怎麼，不歡迎我來？」

秦無雙笑道：「當然歡迎了，這園子有一半是蕭大哥的功勞，蕭大哥就當成是自己的，想來隨時都可以來。」

蕭統佑哈哈笑道：「那我們可說好了，待這園子開放，我要頭一個來。」

「那是自然。」

說著，她瞥見烏雷手上抱著一盆奇怪的花，金黃色的，兩顆花頭簇在一起，看著像蓮花，下面卻又冒出半截粗大的莖，不禁好奇問道：「烏雷手上抱的是什麼？」

「這是地湧金蓮。」蕭統佑接過花盆介紹道：「是佛教聖花，傳言佛祖誕生時，每走一步，足下都會生出金光閃閃的金蓮花，便命名為地湧金蓮。」

秦無雙忍不住伸手輕輕摸了摸花瓣，由衷讚嘆道：「好美，我長這麼大從未見過此花，似乎很稀有。」

「地湧金蓮出自南域，一般都是獨莖獨頭，這株是獨莖雙頭，且它喜陽耐熱怕寒，在中原極難養活，可以說是稀世罕見。」

中原四季分明，一到冬日，寒侵入骨，地湧金蓮自是難以存活，難怪汴都從不種植此花。她有些納悶問道：「那你怎麼養活了？」

蕭統佑笑著看了她一眼。「這麼快就忘了我同妳說的溫棚種植？只要把它放在溫棚裡，它就能活下來。」

是啊！溫棚反季節種植，這是蕭統佑前不久剛教過的。

秦無雙傻笑著敲了自己的腦袋一下，道：「確實忘了，我的錯。」說著，她又十分愛惜地看了看地湧金蓮，嘆道：「你一定養了很久吧？」

「嗯，很久，現在送給妳。」

秦無雙詫異。「送、送給我？」遂又連連擺手。「無功不受祿，這麼貴重的花我收不起。」

「該怎麼說妳才好。」蕭統佑無奈地搖了搖頭，語氣帶著幾分寵溺。「妳忘了？今日可是妳的生辰。」

「啊？」

秦無雙眼珠子一轉，拍著自己的額頭，失笑道：「我都忙忘了。」忽地又一皺眉，納悶地看著蕭統佑。「可是蕭大哥如何得知今日是我的生辰？」

蕭統佑又是無奈一笑道：「妳又忘了，妳向我租地時，提供了妳的身分文書，上面有記載妳的生辰，我看一眼便記下了。」

秦無雙傻笑道：「你看我，這腦子笨，總記不住事。」

「我身無貴重之物，唯有滿宅子的花，這盆地湧金蓮就是送給妳作賀禮的。」說著，蕭統佑將金蓮送上。

秦無雙不好再拒絕，加上的確喜歡，便笑著接下了。

恰值一陣風起，吹亂了秦無雙的鬢髮，因她兩手抱著花盆，蕭統佑便伸出手，很自然地替她將亂了的鬢髮順到耳後去。

秦無雙的「多謝」還沒來得及說出口，就聽見一聲怒喝傳來。「你誰呀？」

二人聞聲望去，只見牧斐一身純素，正提著衣襬急匆匆地從攬月樓上衝下來，他用摺扇指著蕭統佑，一臉怒氣。

秦無雙驚訝地望著他。「你怎麼來了？」

牧斐衝到二人中間，猛地煞住腳，先是狠狠地瞪了蕭統佑一眼，而後轉身氣呼呼地看著秦無雙，哼道：「我要不來，怎麼能看得見妳與他！」他用扇子點了點蕭統佑。「──卿卿我我的。」

秦無雙聽到牧斐不分青紅皂白地誣衊她與蕭統佑的關係，立刻氣就上來了。「誰卿卿我我的？牧斐，請你說話注意點！」

「還說沒有！」牧斐用扇子指了指秦無雙抱著的地湧金蓮道：「那這又是什麼？」

「這是……」

牧斐一看到地湧金蓮，就忍不住想起方才秦無雙與那陌生男子說說笑笑的畫面，他的胸口像是被重物死死壓著似的，堵得他難受又焦躁，於是越發看這花礙眼，不待秦無雙解釋，他便奪走花盆，二話不說往地上砸去。

幾人看著地上碎裂的花盆，齊齊呆住了。

「你幹什麼？」秦無雙抬頭朝牧斐怒吼。

牧斐也沒想到自己會這般衝動，可是砸了花他心裡一點也不後悔，反而十分爽快。他撇了撇嘴道：「不就是盆花嗎？妳若喜歡，爺買來送妳。」

「你知不知道這盆地湧金蓮有多珍貴？」秦無雙瞪著他，雙眼發紅。

見她動了真怒，牧斐不由得心虛道：「……再珍貴爺也賠得起。」

「你賠不起！」秦無雙吼道：「因為這盆地湧金蓮珍貴的是他的心意，無價！」

秦無雙長這麼大還是第一次收到禮物，這讓她覺得被人重視、被人關心，她打心裡感謝蕭統佑。

誰知，竟被牧斐一下子打碎了。

牧斐徹底驚愣住了。自他認識秦無雙以來，戲弄過她無數次、為難過她無數次、與她對著幹了無數次，可她一向表現得雲淡風輕、從容不迫，都快讓他以為她是佛祖轉世了。

可這一次，她竟然對他發火了，為了一個陌生男人，對他近乎歇斯底里的發火。

這一瞬間，他有股無法宣洩的憤怒積壓在胸口，心如刀絞。

「好個無價！」他冷笑。「是爺耽擱了你們，哼！」說完，毅然轉身，拂袖而去。

秦無雙看著牧斐的身影漸行漸遠，直至徹底消失，這才回過頭，對蕭統佑歉笑賠禮。「蕭大哥，對不起，讓你見笑了。方才那位……是我的未婚夫，他脾氣一向暴躁，又是孩子心性，希望你不要介意。」

蕭統佑淺笑搖頭。「不介意。」

秦無雙連忙蹲在地上，撥開碎盆泥土，地湧金蓮的花瓣已經折掉了一半，但是根莖還在。

她抿了抿嘴，感覺心都跟著碎了似的，很是難受。「這盆地湧金蓮……」

蕭統佑也蹲了下來，捧起地湧金蓮放到秦無雙手上，溫柔一笑道：「妳也說了，珍貴的是送妳這盆地湧金蓮的心意，而不是花。既然已經給了妳，那就是屬於妳的東西，要怎麼處置妳可以自己決定，無須向我說明。」

秦無雙心裡一暖。「你放心，我會把它重新種在溫棚裡面。」

牧斐來到河邊，攤開秦無雙的美人圖看了一眼，越看越氣憤，越氣憤就越不想看見她，便想撕了。
只是他剛一使勁，心裡又捨不得了。
他看著畫裡的秦無雙，是那日站在廊下逗畫眉的側顏，嬌媚如花、瓊姿玉貌……
那時的畫面彷彿刻在腦子裡似的，他揮筆就已畫就。
最終，他嘆了一口氣，小心翼翼地將圖捲好，貼身收了起來。

「文湛！」
慶豐樓二樓的扶欄旁，段逸軒一見牧斐，便老遠對他揮手呼喚。
謝茂傾提醒他。「你小聲點，文湛來了自有人帶上來，慌什麼？」
段逸軒嘻嘻笑道：「好一段時間沒見著他了，甚是想念，一時沒忍住興奮。」
謝茂傾無奈地看了他一眼。
牧斐進了雅間，見桌上擺著美酒好菜，二話不說，坐下拿起酒壺就連喝了幾杯。
段逸軒與謝茂傾面面相覷，雙雙察覺出不對勁。
「這是怎麼了？一來就猛喝酒，也不吃菜墊墊，小心燒了胃。」謝茂傾關切道。
段逸軒忙在一旁附和道：「是呀，文湛，有什麼不高興的，可以跟兄弟們說說，別一個勁地喝酒啊。」
牧斐猛地將空杯重重按在桌子上，對段逸軒喊道：「阿軒，幫我調查一座宅子！」

段逸軒一聽，雙眼綻放八卦的光芒，頓時來了勁，忙問：「宅子？什麼宅子？」

「城西北角，雅嵐居。」

那宅子太古怪，重點是秦無雙每隔幾日就會獨自去那兒一趟，連她的心腹婢女蕊朱都不知道她進去做什麼。

他上次進雅嵐居栽了個大跟頭，又因父親突然回來，他只好將調查那宅子的事往後擱了。

今日，雖然很不想承認，但那送秦無雙花的男人確實長得不比他差，且他第一直覺就是雅嵐居和那男人有關。

「好的，交給我就是了，我保證將那宅子裡裡外外查得一清二楚。」

牧斐轉念又想，今日那人看起來仙風道骨的，應該是個文人。

蕊朱說秦無雙喜歡有風骨的文人，還說她之前論及婚嫁的青梅竹馬就是個有風骨的男人。

難不成那人就是秦無雙的青梅竹馬，姓楊的那個小子？

「再幫我調查一個人。」

「你說。」

「秦家三郎秦光景的得意門生，一個姓楊的小子。」

段逸軒立刻拍著胸脯保證道：「你放心，我一定將姓楊的祖宗八代查得妥妥的。」

秦無雙剛邁進紫竹院的大門，牧婷婷就突然從一旁跳出來，喊道：「嫂嫂！」

好在秦無雙心神夠穩，並未嚇到，只淡淡瞥了她一眼，一面往裡面走，一面問：「妳怎麼來了？」

牧婷婷亦步亦趨地跟在她身後道：「今日是嫂嫂的生辰，我當然要過來給嫂嫂慶賀啊。」

秦無雙煞住腳，轉頭詫異地看著她。「妳是怎麼知道的？」

她自來到牧家就不過生辰，不為其他，就覺得麻煩，她也從未想過在牧家長久待下去，便覺得沒必要在別人的地盤上招搖，加上她尚未及笄，也不適合大張旗鼓的操辦。

牧婷婷愣了一下，道：「三哥告訴我的啊。」說到這裡，她轉身朝後面探了探頭。「三哥呢？他不是去園子裡給妳送驚喜了嗎？怎麼沒跟嫂嫂一起回來？」

「驚喜？」秦無雙一陣無語，明明是驚嚇好不好。不過細細一想，今日的牧斐的確很古怪，便問：「什麼驚喜？」

第四十三章　宣戰

牧婷婷震驚地瞪大眼睛，心裡暗想：難道三哥失敗了，沒送成？她便試探著問：「就是一幅嫂嫂的美人圖，三哥可是花了好些時日畫的，嫂嫂沒收到？」

所以，牧斐一大早出現在牡丹山水園，其實是要為她慶賀生辰，準備送她美人圖？

結果意外撞上蕭大哥送花……

這陰錯陽差的。

秦無雙十分頭疼地揉了揉額角。

話說回來，牧斐怎麼會知道她的生辰？還親手畫了所謂的「美人圖」要送給她做賀禮？他為什麼要這麼做？用心的讓她有些受寵若驚，驚過之後便是五味雜陳，其中不乏一絲說不清道不明的期待。

難道……

她突然生出一個讓人臉紅心跳的念頭，可是稍一冒出便被她死死按了回去。

不可能，以牧斐現在的心性，是絕對不可能喜歡上她的。

難道是為了感謝此前她在牧守業面前替他求情？思來想去，覺得這是最大的可能。

那絲期待瞬間灰飛湮滅成悵然若失，秦無雙勾了勾唇，扯出一抹自嘲的苦笑。

她竟然開始自作多情了。

是夜，秦無雙靠在榻上看書，時不時地望著窗外。

半夏見天色已晚，邊過來放下窗戶，邊勸道：「小娘子，快子時了，早些歇息吧。」

秦無雙放下書，忍不住問：「西屋那邊……還是沒動靜嗎？」

半夏看了西屋方向一眼，靜悄悄的，便搖了搖頭。「沒呢，恐今夜不會回來了，小娘子別等了，奴婢替您等吧。」

「不必了，都睡吧。」

翌日，秦無雙洗漱更衣完畢，來到堂屋用早飯，芍藥正在院子裡指揮小廝、丫頭們灑掃。

「芍藥。」秦無雙喊了一聲。

芍藥聞聲立刻進了屋，行了禮。

秦無雙問：「小官人可是一夜未歸？」

芍藥道：「小官人今早叫安平回來傳話了，說是要在謝世子府上住兩日，讓家裡不必擔心，過兩日自會回來。」

難得牧斐還會派人回來傳話，這可是聞所未聞的事情。

知道他的下落，那盤旋在心頭的不安稍稍落定，她便又如往常一般去了花圃。

一早，牧斐在院子裡的木槿樹下扎馬步。

謝茂傾見了，大感意外道：「文湛，你何時練起武來了？」

牧斐不動如山道：「練著玩玩，強身健體。」

早有幾個府裡的小廝擺來桌椅、茶具與早點，謝茂傾便坐在一邊，一面喝茶，一面笑道：「這可真是太陽打西邊出來了，我記得，你們家有個規矩，自小不准你練武來著。」

「現在我老子已經不管我了，再說，我只是扎個馬步而已。」

謝茂傾起身好奇地繞著牧斐轉了一圈，然後嘖嘖道：「我看你這馬步扎得夠穩啊，兩腳就像在地上生了根似的。」

牧斐得意洋洋道：「那是，只要是我牧小爺想做的事，必須做到最好。」

謝茂傾揶揄道：「是嗎？我可不信。」說著，冷不防地用力推了牧斐一掌，竟然沒有推動。

牧斐哼道：「就知道你要試我，勁兒太小了，再使點。」

謝茂傾不信邪，便用雙手卯足了勁兒推牧斐，牧斐竟然一動不動，他這才相信牧斐的話。

二人正鬧著，段逸軒來了，老遠喊道：「你們倆玩什麼呢，這麼開心？也不等我來。」

謝茂傾收了力道，起身拍了拍手道：「文湛在扎馬步呢，我試試他底盤。」

段逸軒立刻來了興趣，磨拳擦掌道：「是嗎？我也來試試。」

「恕不奉陪。」牧斐說著，收勢起身，接過丫鬟捧上來的巾帕擦了擦額角的汗，一面問：「讓你查的事怎麼樣了？」

「我來正是要說此事呢！秦光景的得意門生我已經查出來了，這人姓楊名慎，年十八，湖州人氏，出生薄宦世家，自幼喪父。其舅舅在汴都當差，便依母囑託獨自一人前來投靠舅舅，舅舅找了關係，讓他入了秦家家塾，拜在秦光景門下。因品學兼優，據說很受秦光景器重，如果不出意外，今年秋闈金榜上應該會有他的名字。」

牧斐皺了皺眉。「那是出了什麼意外？」

段逸軒喝了一口茶，對著牧斐賊笑道：「還是文湛聰明——意外就是楊慎之母前兩個月病故了，所以他不得不回去守孝三年。」

「也就是說……楊慎人不在汴都？」

段逸軒點頭道：「對。」

楊慎不在汴都，也就是說那日在花圃遇見的男人不是楊慎。

「那雅嵐居呢？」

提起雅嵐居，段逸軒立即正了色，道：「說起雅嵐居也真是詭異得很，你們可知這雅嵐居是誰的宅子？」

他這麼一賣關子，牧斐與謝茂傾都湊過頭去聽。

「快說，是誰的？」謝茂傾催促道。

「是後唐大宦官蔡振的老宅。」

「蔡振？」謝茂傾大吃一驚，伸出手指算了算。「那這宅子豈不是有百多年了？」

「誰說不是呢？這宅子歷經亂世後就一直荒廢著，畢竟當年一夜之間蔡振滿門全部離奇死在裡面，誰也不知道怎麼回事，有人說這是座鬼宅，風水不好。祁宋立國之後，這宅子便被收入官中，因為鬼宅傳言，誰也不敢要，便一直放著。直到十五年前，有個從外地到汴都賣皮貨的商人，聽說這宅子後，便出錢買下來了。」

謝茂傾沒想到還有人敢買。「……那官府就賣了？」

段逸軒道：「當然賣啊，你想，官府那幫人一想那人是個賣皮貨的外地人，還願意出高價買座鬼宅，好糊弄，自然是趕忙出手清理掉了。」

牧斐越聽越皺眉。「那商人叫什麼名字？可在汴都？」

段逸軒道：「怪就怪在無論我花多大力氣，都查不出那個商人的底細，只知道姓蕭，是個賣皮貨的。據說，他買下宅子後並沒有住進去，而是在五年後，有個十歲左右的小男孩獨自一人住了進去。」

小男孩……

牧斐垂眸想了想，又問：「可知那小男孩的身分？」

段逸軒遺憾地搖了搖頭。「一無所知，只知道那個孩子在鬼宅裡生活了十年，身邊除了一個僕人，再無任何下人。偶爾有人看見，那個僕人抱著一、兩盆奇花異草去大相國寺擺賣。」

牧斐聽了，沈吟著不說話。

段逸軒好奇地問：「話說，文湛，你為何要調查楊慎和雅嵐居啊？我記得你上次動用關係查人，還是為了查你那位夫人的底細，這次又是為了誰？」

牧斐起身道：「除了她，還能為誰？」說完，又對謝茂傾道：「是時候回去了，阿傾，這回多謝你收留。」

謝茂傾起身拍了一下牧斐的肩膀，笑道：「都是好兄弟，別說這些見外的話。」

烏雷在前面開了門，隨後走出來讓到一旁。

蕭統佑跟著走了出來，烏雷關上門，二人下了臺階，忽然聽見有人朝他們喊了一聲。

「蕭公子。」

烏雷神色驟然一凝，迅速摸向腰間暗器。蕭統佑伸手攔住了他，隨後轉過頭，波瀾不驚的臉上掛著一絲若有似無的淺笑。「牧公子好啊。」

牧斐抱著手臂靠在門外的石獅子上，瞅著蕭統佑冷哼道：「你果然住在這裡。」

蕭統佑半笑不笑地反問。「怎麼，難道小雙沒告訴你我住在這裡？」

牧斐聞言噎了下，臉上不甚自在地問：「你和秦無雙到底是什麼關係？」

「這個問題……」蕭統佑挑眉，看著牧斐似笑非笑。「你不應該去問小雙嗎？」

牧斐一向自詡汴都小霸王，從不把任何人放在眼裡。然而，眼前這個人，卻讓他感受到一股不可捉摸的、未知的強大氣場，讓他無法忽視。

他站直了身體，走到蕭統佑面前，緊緊鎖住對方的眼睛，一字一句道：「我不管你們是什麼關係，我來，只是為了警告你，秦無雙是我的女人，你最好不要對她有什麼非分之想，否則，我不會放過你的。」

「哦？是嗎？」蕭統佑嘴角慣有的笑意帶了三分寒氣。「那也得先看看你究竟有沒有本事贏得小雙的心。」

這是一句赤裸裸的宣戰。

二人隨即目光對峙、電閃雷鳴，你來我往、互不相讓。

最終，牧斐瞇眼，拂袖冷哼。「走著瞧！」

烏雷看著牧斐離去的背影，憂心忡忡道：「主人，這個姓牧的恐怕已經盯上你了。」

蕭統佑冷哂道：「無妨，不過汴都一紈袴，成不了大器。」

牧斐進入紫竹院時，恰值秦無雙帶著蕊朱出門。二人迎面錯身，秦無雙停下，正準備打招呼，卻見牧斐繃著一張臉徑直進去了。

秦無雙還有重要的事要辦，想著有什麼話等晚上回來再說，便也沒回頭，直接出門去了。

牧斐邁進院子後停住了腳，想了想，打算還是先和秦無雙握手言和。

誰知，他一轉過身，哪裡還有秦無雙的影子？

他不由得火冒三丈起來。離開了這麼多天，原來他在秦無雙眼裡根本無足輕重，她甚至連打個招呼都不願意，到底是有多不在意他啊？

一想到這裡，牧斐心裡就又悶又堵又氣，他腳步沈重地進了屋，一屁股坐在凳子上，大喊：「安平！」

安平見牧斐回來了，忙上前道：「小官人，您終於回來了。」

「去，把四書五經、周禮春秋、資治通鑒、八家文集、戰國史記，統統給爺買回來。」

安平不解其意，試探地詢問。「爺……咱買這麼多書做什麼用？」

牧斐白了他一眼。「還能做什麼？買書自然是為了讀啊！」

安平一聽牧斐主動要讀書，頓時傻眼了。

牧斐見安平發愣，斥道：「還不快去！」

安平忙應「是是是」，心裡想著小官人竟然願意主動讀書，真是太陽打西邊出來了，立刻興高采烈地帶著人採購書籍去了。

原本牡丹的花期在每年暮春與初夏之間，但自從蕭統佑教秦無雙學會摧花、遮陰、琉璃溫棚等技術後，她園子裡的花已經能受人工干預，達到定時開花的效果。

是以，時序進入夏末，汴都城裡的花俱已凋謝殆盡，秦無雙園子裡的花卻正含苞待放。

為了讓牡丹山水園未開先火，秦無雙決定先將牡丹山水園的美名廣為流傳。

於是約了幾名經常流連花樓的大才子來到攬月樓免費賞花、品茗，又請了一些歌姬、美人前來助興。

那些才子一來，見滿園牡丹名品爭相待放，又有聞所未聞的奇花異草相輔，別具一格的人工山水、亭臺樓閣點綴其間，簡直美若人間仙境。

眾人頓時詩興大發，提筆就來，一首首《詠牡丹》、《牡丹賦》、《賞牡丹》、《清平調》應興而出，對牡丹山水園不吝華詞美句，稱讚不絕。

之後，這些詩詞歌賦很快就在汴都城裡流傳開來。

應酬了一日，秦無雙至晚方歸，回到紫竹院時，廊下的燈已經點亮了。

芍藥從堂屋裡出來，正好迎面瞧見秦無雙，便上前行禮道：「小娘子回來了。」

秦無雙點了一下頭，問：「小官人可在房裡？」

「在呢。」芍藥笑著答。

秦無雙進了屋，徑直朝西屋走，快走到門口時，突然又覺得見了牧斐也不知道該說什麼好，一時間竟索然無味起來，便又轉了腳步，直接回東屋了。

牧斐看了一整日的書，早已累得頭昏腦脹，剛想拋開書趴一會兒，忽然聽見秦無雙的聲音，頓時來了精神。他擺出一副手持書卷、認真研讀的姿勢，一本正經地等秦無雙進來。

可明明聽見腳步聲來到門外，等了半晌，人沒進來，又聽著腳步聲往東屋去了。

牧斐「啪」地一聲擱下書，對安平喊：「安平，去給爺準備繩子和錐子來。」

安平一聽，嚇得差點跪下來。「小官人，您可千萬別想不開啊……」

「想什麼呢，爺只不過是想效仿孫敬懸梁刺股而已。」牧斐瞅著門簾，心裡發狠道：

哼，爺要刻苦讀書，從此以後，一定要讓她刮目相看！

第四十四章　心靈手巧

自從歌詠牡丹山水園的詩詞廣為流傳後，便時常有愛花之人慕名前來，卻發現園子外掛著一面梨木牌子，上面寫明開園的日期與有價賞花的告示。

那些人回去之後又口耳相傳，吊得大家越發對這個神秘的牡丹山水園好奇起來，只待開園之日能前來一睹風采。

開園前一日，秦無雙特別下帖請蕭統佑前來一觀。

蕭統佑來的時候，烏雷在後面推著一車奇花異草。

「蕭大哥這是做什麼？」秦無雙指著那一車花草問。

蕭統佑道：「明日正式開園，送這些來給妳錦上添花。」

之前已收過一盆貴重的地湧金蓮了，秦無雙自然不肯再收，正要拒絕。「蕭大哥，這……」

蕭統佑抬手制止了她的話頭，寵溺一笑道：「只是借妳鎮園用的，之後再還我就是。」

一個「借」字軟中帶硬，親切中帶著幾分不容拒絕，不過聽到之後會還回去，秦無雙心裡那點不好意思變成了感激，只好接受蕭統佑的好意，命人將這些奇花異草放在特有的琉璃花棚展區擺放。

隨後，秦無雙帶著蕭統佑與烏雷細細遊玩了牡丹山水園一遍。

次日一早，牡丹山水園正式對外開放。

秦無雙本以為上午不會有什麼人來，可當她坐著馬車來到園子時，竟然發現園外排著長長的隊伍，蜿蜒似長龍，竟一眼望不到頭，她從牙行雇來看管園子的人，正在門口手忙腳亂地收錢、放人入園。

到了下午，山水園已是人滿為患。

為了避免人多造成花兒受傷，秦無雙迅速決定停止放人入園。

沒想到牡丹山水園的營運會如此成功，開園頭一日就爆滿。當晚，秦無雙重新制定策略，對遊客實行限數放票入園。

那些遊覽過牡丹山水園的人回到城裡，對園中美景大肆渲染了一番，加上限數入園消息一出，頓時一票難求。從此，秦無雙的牡丹山水園名動祁宋，許多愛花之人也都以去過牡丹山水園為榮。

許多富貴人士遊覽完牡丹山水園後，紛紛向秦無雙表示想要重金求購園中牡丹名品。那些名品都是蕭統佑透過多年積攢的人脈幫她弄來的，為數不多，花了無數心血養成，秦無雙自然不會賣。

於是，她便想到推薦蕭統佑去為這些富貴人家種植名品牡丹，這樣一來，烏雷也就不用再去大相國寺賣花，還能保證他們主僕二人生計無憂。
但在此之前，她還須先問過蕭統佑的意思。
蕭統佑聽了她的建議後，竟然很快同意了。
自此以後，但凡有人來山水園求購名品牡丹或奇花異草，秦無雙便將蕭統佑介紹過去，或送花、或種花。
因他種出來的花品相好、又少見，人又英俊，蕭統佑很快成為了汴都城裡炙手可熱的花農。
一年一度的應天學院開始招生了，牧斐主動向牧老太君提出去應天學院讀書。
牧老太君聽了，欣喜若狂，忙遣人封了二千兩現銀與牧斐的名帖，一起送到應天學院報名。
兩日後，應天學院派人送來了一封牧斐的錄學帖子。
牧老太君生怕牧斐反悔，收到錄學帖子後，忙命牧懷江親自領著牧斐去應天學院勾名，牧斐這才算正式成為應天中舍生的一員了。
自此之後，牧斐竟真的收起了玩心，安安分分地每日去太學讀書，早出晚歸，風雨不誤。
而秦無雙那邊，藥行自從革新後，生意蒸蒸日上；牡丹山水園更是賺得荷包滿滿。因她並不露面，外人只知傳言中她是個芳華正茂的小娘子，因此送了秦無雙一個「商界鐵娘子」的稱號。

有了餘錢，秦無雙便開始留意汴都城內出售中的閒宅，她打算買座宅子放著，待時機成熟就將爹娘從秦家接出來住。

這日，秦無雙去雅嵐居給蕭統佑送藥，剛準備推門而入，忽然有人從裡面打開了門，二人迎了個照面，齊齊一愣。

秦無雙瞧著那人面生，穿著打扮與宋人不太一樣，滿臉落腮鬍，一雙眼睛冷厲如鷹隼，看向她時充滿了敵意。

腦海裡有什麼念頭一閃而過，卻又快得讓她來不及琢磨。烏雷正好跟在那人身後，忙上前對她笑道：「秦娘子來了，主人正在裡面等著您呢。」

那人一聽烏雷開口，就知道是自己人，眼裡的敵意這才褪去。他轉身朝烏雷抬手，烏雷眼珠子一動，忙上前推著他出了門，低聲在他耳邊說了兩句話，那人聽了，瞄了秦無雙一眼，點頭快步離開了。

秦無雙看著烏雷急急忙忙送走那人後，又趕緊折回來為她引路。「請。」

蕭統佑早在鮮花石亭裡備好了茶果點心，正值入秋，氣溫微涼，蕭統佑貼心地在石凳子上放了個半寸厚的錦褥墊子。

秦無雙進入亭子時，百花如幕，清風如手，撩得滿庭芬芳。而蕭統佑正垂首含笑坐在石桌旁，靜靜看著三足風爐上煮著的紫砂長柄茶壺，壺口冒著沸騰而起的水氣，裊裊雲煙間，一襲白衣的他宛如謫仙禪坐在金蓮上。

聽見動靜，他抬頭對她抿唇笑了一下。「小雙來了。」然後指著對面的凳子。「快坐下。」

說完，他將一盤點心輕輕推到她面前，道：「我剛才做的，妳嚐嚐。」

秦無雙落了坐，看了盤裡的點心一眼，是一塊圓形的小酥餅。

「蕭大哥竟會做點心？那我一定要嚐一嚐。」說著，拿了一塊放在嘴裡咬了一口，頓覺入口芬芳、皮酥餡軟、氣味香甜。「嗯，真好吃，香香甜甜的，這點心叫什麼呀？」

她拿著半塊小酥餅細細看了看，酥餅裡有餡，紅紅紫紫的，晶瑩透亮，散發著一股淡淡的花香。

蕭統佑道：「這道點心叫做鮮花餅，是用園子裡新開的薔薇花瓣做成的。」

原來如此，難怪這餅裡看起來有許多花瓣、糖汁。

秦無雙邊吃邊隨口打趣道：「沒想到蕭大哥如此心靈手巧，不僅種得了奇花，還會做好吃的點心，以後哪家女子嫁給了你，那可真是她八輩子修來的福氣。」

「妳當真這麼覺得？」蕭統佑突然盯著她，認真地問。

秦無雙愣了一下，蕭統佑在她面前向來就是個溫文爾雅的鄰居大哥哥，很少會有這麼嚴肅的神情，她還沒反應過來蕭統佑話裡的意思，就驚怔在他肅然的神色中了。

「嫁給我，是她八輩子修來的福氣？」蕭統佑的語速極慢。

其實秦無雙只是隨口說說，畢竟吃人的嘴軟。不過以她對蕭統佑的了解，哪個女子嫁給他，應該都會備受疼愛吧。

她立刻點了點頭。「當然。」

蕭統佑盯著她看了一會兒，突然抿唇笑了起來，然後用一種十分寵溺的語氣說道：「妳也真是太容易滿足了。」

秦無雙回之咪咪一笑，一時也沒深想蕭統佑話裡的意思。

她將剩下的鮮花餅全部塞進嘴裡，細細嚼了幾下，又喝了一杯茶，拿巾帕擦了手。

享用完畢，秦無雙忙向蕭統佑勾了勾手。

蕭統佑會意，將手腕擱在早已備好的脈枕上，秦無雙則伸手凝神替他診起脈來。

蕭統佑含笑看著她，鳳目裡泛起瀲灩柔光。

片刻，秦無雙收回手道：「看來蕭大哥的血厥之症恢復得很好，如此下去，不出三年，便可斷根。」

烏雷突然在一旁問：「還要等三年嗎？」

「三年已經很快了。」秦無雙挑眉道。

烏雷看似有些坐立難安，秦無雙不由得看向蕭統佑。「怎麼，蕭大哥很急嗎？」

蕭統佑淡淡橫了烏雷一眼。

烏雷立即緊抿住嘴唇，眼觀鼻、鼻觀心地垂下頭。

蕭統佑回頭，看著秦無雙，勾了一下唇，淺笑道：「不急。」說著，他漫不經心地問了一句。「聽說妳最近在四處找宅子？」

秦無雙詫異道：「這事你都知道了，蕭大哥可真是消息靈通啊。」

蕭統佑笑了笑，柔聲道：「這還不是因為妳推薦我替那些達官貴人種花，閒聊時他們透露給我的，說妳這個『商界鐵娘子』在四處看宅子呢。」

如今她名氣響亮，一點動靜就會受人關注，加上蕭統佑是她推薦給那些達官貴人的，閒聊時定然會提到她。

「可是要買宅子？」蕭統佑問。

秦無雙早已把蕭統佑當做大哥一般，對他向來坦誠相待，便點了點頭，直言道：「嗯，是打算買一座，想等以後找機會把我爹娘從秦家接出來住。」

秦家的事蕭統佑略知一二，便問：「妳想要多大的宅子？地段可有要求？」

「地段無所謂，只要在城內，偏遠一點沒關係，剛好清淨。至於大小，不用太大，大了太空曠，我也買不起。」

「巧了，我還真知道有座適合的。」

秦無雙一聽，精神一振，忙問：「是嗎？在哪兒？」

「就在城北，離雅嵐居不遠，只有兩條街的距離。原是那家人知道我的名氣後邀我去府上種花，我剛去就聽說那家老爺外放到滁州做通判，因調令來得急，他們便想低價賣掉汴都的宅子，舉家搬去滁州。」

外放，還舉家搬到滁州，想低價出售宅子——秦無雙稍加推測就知道那家老爺應該是在官場上得罪了人，在汴都待不下去，以後回來也無望了，所以才會舉家搬遷賣宅。

「那宅子有多大？」

蕭統佑回想了一下，道：「三進院落，帶個東跨院，正屋、廂房、耳房、雜房加在一起大概……總共不過三十來間。」

「三十來間夠了，蕭大哥把地址告訴我，我回頭親自登門看房去。」這座宅子聽起來就像為她特意準備的，大小、格局、房間數量都剛剛好。

蕭統佑笑著說：「不急，我既與那人有過一面之緣，不如明日辰正前後，妳來雅嵐居找我，我親自帶妳去。」

正想著直接登門看房有些冒昧，現下蕭統佑願意帶她一起去看，那是再好不過了。

「那就有勞蕭大哥了。」

烏雷送秦無雙出門時，忽然停住了腳，一臉欲言又止的看著她。

秦無雙總覺得今天的烏雷看起來有些不對勁，便問他。「怎麼了烏雷？有話你就直說吧。」

第四十五章　講價

烏雷猶豫了一瞬，才小心翼翼地試探道：「那個……能不能，麻煩秦娘子為我家主人多配一些藥丸，或者能否將藥方給烏雷，烏雷可以自己去配，免得時常煩勞秦娘子送藥。」

「你有所不知，任何一種病症不會一成不變，會根據用藥效果，或惡化、或轉癒，又或生出新的症候，這就需要修正施治方式，用藥自然也會跟著變化。就算現在方子給了你，也只能管一時之症。」說著，秦無雙頓了頓，定定地盯著烏雷的眼睛問道：「烏雷，可是蕭大哥出了什麼事？」

烏雷眸光一閃，連忙否認，甩手道：「沒、沒有。」似怕秦無雙起疑，又趕緊道：「如此……也只能煩勞秦娘子繼續為我家主人操心了。」

秦無雙以為烏雷是擔心她以後不為蕭統佑配藥看病了，便肯定地告訴他。「你放心，只要蕭大哥避免過度勞心勞力，我就一定會醫治好他。」

今日休課，牧斐好些日子沒與秦無雙坐下談談了，自從那次爭吵之後，他們之間始終保持著一股相敬如賓的漠然。

牧斐心裡其實一直憋著一股氣，他決定一定要拿出成績讓秦無雙好好看看，證明他並不是個一無是處的廢物，他也能成為有學問、有風骨的人。

牧斐每日廢寢忘食的讀書，好在皇天不負苦心人，當所有人都以為他只是個走後門、靠關係的世家子弟，他卻用實力證明自己是有真才實學的。短短不到兩個月工夫，他已在諸多學子中嶄露頭角，授課的夫子們皆對他讚賞不絕，還說他頗有先兄之風。

雖說他討厭活在牧重光的影子下，但是當夫子們肯定他的才學時，他覺得站在牧重光的影子下也不是那麼難以接受了。

再過兩個月就是太學的升級考核，只要能通過考核，他就能成為一名太學上舍生——牧重光能做的，他也能做到，到時候誰也不能再小瞧他了。

他原是想等到成為上舍生那一日再與秦無雙說話的，可是他實在憋不住了，不得不承認——他想秦無雙了。

在同個屋簷下一年多的時間，秦無雙似乎已經成為他生活的一部分，還是不可或缺的那部分，他也終於確定，秦無雙已經在他的心裡不知不覺地佔據了一席之地。

是以，今日一早起來，他就迫不及待地想去找秦無雙談談。

誰知，他剛走到堂屋，卻發現秦無雙與蕊朱正好出了大門。

他本想喊住秦無雙的，定睛一瞧，發現今日秦無雙似乎有些不一樣——好像腳步更輕快了些，打扮得花枝招展了些，就像一枝隨時準備出牆的紅杏。

秦無雙到達雅嵐居時，蕭統佑已和烏雷等在了大門口。

見她的馬車到來，蕭統佑便走下階梯迎上前，親自替她們打起簾子。

秦無雙剛準備出馬車，抬頭一見是蕭統佑，又驚又喜道：「蕭大哥，怎麼是你？」

「閒來無事，就在門口等妳了。」說著，便將手伸向秦無雙。他的舉動是那麼自然又親切，絲毫讓人生不出一絲彆扭，秦無雙只好笑著扶他的手下了車。

蕭統佑建議道：「今日天氣晴好，那宅子離此處不過兩條街，不如我們散著步去？」

自與牧斐公開訂婚後，秦無雙倒是從未與任何男子並行於市過，畢竟人言可畏。不過轉念一想，這汴都城真正知道她身分的人並不多，又見蕭統佑一臉光明磊落、坦坦蕩蕩的模樣，自己那點遲疑瞬間煙消雲散。

她欣然點頭。「好呀。」

二人便並肩散著步，烏雷與蕊朱則靜靜地跟在他們身後。

二人天南地北地聊了一路，很快就走到吳家大門外。

烏雷搶先一步在前面叩了門。

很快有個小廝打扮的人來開門，見了人問：「你們找誰？」

烏雷道：「前些日子我們來府裡種過花，當時聽說這間宅子要賣？」

那小廝點頭。「是有這麼一回事。」

烏雷笑道：「我這位朋友剛好要買宅子，想進來看一眼，煩請通報你們家大人。」

小廝探頭看了秦無雙他們一眼，說道：「請稍等。」話畢，便關上門進去通報了。

不一會兒，大門向兩邊打開了，吳大人同小廝站在大門內，看見蕭統佑時，笑容滿面地拱手迎出來道：「原來是蕭公子。」

蕭統佑拱手回禮。「吳大人好啊。」

吳大人問：「蕭公子客氣了，聽下人說你有朋友想看宅子？」

「正是。」蕭統佑點了下頭，轉而看向秦無雙，吳大人便順著蕭統佑的目光也看向秦無雙。

秦無雙欠身見禮道：「吳大人好。」

吳大人看著秦無雙，向蕭統佑問道：「這位是？」

蕭統佑介紹道：「她就是牡丹山水園的東家。」

吳大人一聽，大吃一驚。他沒想到牡丹山水園的東家竟是一位年輕貌美的小娘子，忙迅速上下打量了秦無雙幾眼，一面向她拱手道：「原來是大名鼎鼎的『商界鐵娘子』秦娘子啊，久仰久仰。」

「吳大人謬讚，無雙愧不敢當。」秦無雙拱手回禮。

吳大人趕緊往門後一讓，笑著道：「二位，快進屋。」

進去後，吳大人先是親自帶著秦無雙他們前後逛了宅子一圈，然後問：「秦娘子覺得這宅子怎麼樣？」

秦無雙眉尖若蹙，微微沈吟。「這宅子看起來似乎有些小……」

吳大人忙說：「小是小了些，但五臟俱全啊，妳看這宅子三進院落，加上後院與跨院，住五、六十人完全沒問題。」

吳大人見秦無雙神色莫辨，也不說話，一時拿不準她的意思，便試探著問：「秦娘子買來可是自己住？」

秦無雙一面東看西看，一面隨口道：「只是先買下來，以後再說。」

吳大人是知道秦無雙的財力了，她要想買他的宅子完全沒問題，只是摸不清秦無雙的態度，便悄悄拉著蕭統佑到一邊，低聲問：「蕭公子，你可知秦娘子是否真心想買我家宅子？」

來的路上，蕭統佑就與秦無雙商量好了，若是秦無雙看中了宅子，就對吳大人欲擒故縱，最後由他點撥壓價。

他餘光一轉，見秦無雙趁隙瞥了他一眼。

與秦無雙相處久了，兩人早已生出一股不言而喻的默契，只一個眼神便能心領神會。蕭統佑遂笑道：「那得看吳大人的售價是否真心。」

吳大人是個聰明人，一聽蕭統佑這麼說，就知道秦無雙大抵是看中了他的宅子，只是價格猶豫不定。

「明白了。」

他回到秦無雙身邊，坦言道：「秦娘子，實不相瞞，我在官場上得罪了人，這汴都是待不下去了，所以宅子我是真心出售，不知秦娘子是否真心想買？」

秦無雙見火候差不多了，便問：「敢問吳大人想賣多少銀子？」

「這個數。」吳大人伸了五根手指頭出來。

秦無雙看著他不說話，也不表態。

吳大人只好忍痛道：「再低一千兩，妳也知道這個地段的宅子，平日沒有一萬兩根本買不下來，我實在是急著出手，才……」

他說的是實話，這個地段、這種類型的宅子，最低不會低於一萬兩，如今四千兩就能拿下來，簡直是天大的好事。

秦無雙自然見好就收，爽快拍手道：「成交。」

吳大人與秦無雙商量了一會兒買賣宅子的細節問題。談畢，吳大人又親自將他們送到大門口。

臨走之前，秦無雙問：「吳大人打算何時去官中辦理房契？」

「自然是越快越好。」

「那就三日後，請吳大人帶好房契、印章，去順天府官衙辦理。」

「好，就三日後。」吳大人拱手相送。「二位慢走不送。」

「告辭。」

牧斐站在斜對面的巷子口內，看著秦無雙與蕭統佑下了階梯並肩走著，心就像被刀割了一般，忍不住抽痛起來。他的手指死死摒住青磚縫隙，一雙丹鳳眼快要迸出火來。

走著走著，蕭統佑目光微微一掠，忽然停住了腳，向秦無雙輕輕喊了聲。「別動。」

秦無雙愣了愣，停下腳步不明所以地看著蕭統佑。

蕭統佑轉身，面對著秦無雙，有意無意地擋住了牧斐的視線，然後微笑著從她的髮絲上摘了片小葉子下來，捏在手指尖在她眼前晃了晃。

秦無雙乾笑著摸了摸頭髮。「什麼時候沾上去的呀，還有嗎？」

「應是在吳大人院子裡落下來的，沒了。」說著，他不動聲色地換到了秦無雙左側，正好是牧斐所在的一側，高大的身軀瞬間將秦無雙擋了個嚴嚴實實。

二人相視一笑，繼續向前走，眼看馬上就要經過牧斐所在的巷子口。

氣急敗壞的牧斐正想衝出去，旋即一頓，又抽身往後退了一大步，將整個後背貼在牆上，眼睜睜地看著秦無雙與蕭統佑從眼前走過，直到消失在視線外。

他狠攢著拳頭，牙關緊咬，怒瞪著前方。他很想衝出去往蕭統佑那張溫潤的臉狠狠揍上去，然後拽過秦無雙，讓她離蕭統佑遠一點。

可他沒有這麼做，因為他想起上次在牡丹山水園時，秦無雙那雙通紅的眼睛，歇斯底里的憤怒，在他們之間狠狠地劃了一道鴻溝，直至今日，那道鴻溝仍然無法逾越。

他的人生第一次產生了退縮。

牧斐只覺得自己滿腔怒火無處宣洩，突然一個轉身一拳狠狠砸在牆上，指骨處瞬間皮開肉綻，他竟然也不覺得疼。

慶豐樓，牧斐獨自一人喝得爛醉如泥。

段逸軒與謝茂傾趕到的時候，牧斐正趴在滿桌東倒西歪的空酒瓶間，拿著個小酒罈往喉嚨裡猛灌。

二人見了，嚇了一大跳，他們認識牧斐這麼久，從未見過牧斐喝得這般豪邁，更從未見他喝這麼多酒。

這是出什麼事了？

第四十六章　她惹了別人

「文湛，你怎麼喝了這麼多酒啊？究竟是誰惹你不快了？」段逸軒一把搶下牧斐手中的酒罈子問。

牧斐慘笑道：「還能是誰？還能是誰？」他一把拉過段逸軒坐下，從桌上又找了一瓶酒，道：「來，好兄弟陪我喝，咱們不醉不歸！」

謝茂傾憂心忡忡地坐到對面，將桌上東倒西歪的空酒瓶都移到地上放好，又找來茶水，倒了一杯遞給牧斐。「文湛，酒喝多了傷身，趕緊喝口茶潤潤。」

牧斐抓著酒瓶隨手一揮，一不小心把謝茂傾手裡的茶杯掀了，嘴裡還醉醺醺地嚷嚷著。「爺不喝茶，爺就要喝酒，傷身總比傷心好。」

傷心？

謝茂傾與段逸軒面面相覷，他們認識牧斐這麼久，還從未見他為什麼人、什麼事傷心過。

除了……

段逸軒忙問：「文湛，不會又是秦無雙惹你了吧？」

牧斐搖了搖頭，苦笑道：「她沒惹我。」

「啊？那你……」段逸軒有些懵。

「她沒惹我……她惹了別人。」說完，牧斐又猛地灌了一大口酒，看樣子真打算把自己灌死了。

二人聽得一頭霧水。段逸軒再次搶過他手中的酒瓶，追問道：「什麼叫惹了別人？」

牧斐無神地看著房頂，似哭似笑道：「她與別的男人買了一座宅子，打算雙宿雙飛了。」

段逸軒一聽，頓時傻眼了。

謝茂傾看了段逸軒一眼，然後試探著問：「文湛，你是不是喝多了？秦無雙可是你過了門的未婚妻，怎麼可能與別的男人雙宿雙飛？」

「過了門是真，未婚妻是假。」牧斐垂下頭，萬分沮喪道：「我們的婚約是假的，她早就打算等及笄後就與我解除婚約，然後和別的男人雙宿雙飛。」

所以他們才會一起弄牡丹山水園，還一起買宅子，也難怪秦無雙對自己的態度始終那般冷淡無情，原來她心裡早已經有別人了。

一想到這裡，牧斐就感覺喝下去的酒全部變成了燒刀子，將他的五臟六腑割得支離破碎。

段逸軒與謝茂傾聽了，俱是大吃一驚，二人又互看一眼，露出心疼的表情。

段逸軒拍了拍牧斐的背，安慰道：「文湛，你以前不是挺討厭秦無雙的嗎？她要是真與別人走了，你應該高興才是啊。」

牧斐猛地一掌拍在桌子上，對段逸軒怒吼道：「你懂個屁！」說著，紅通通的眼睛裡突然流下了眼淚，他反手指著自己的胸口，用力戳著，低吼道：「爺是這裡疼！」

秦無雙在房裡看著書，忽然聽見院子裡傳來急匆匆的腳步聲，緊接著便聽見安平、安明的聲音。「快快！」

「來，喝！繼續喝！」牧斐含糊不清地嚷嚷著。

秦無雙披衣起身走了出來，正好看見安平揹著牧斐，安明、安喜還一左一右扶著，急急忙忙地往堂屋來。

安喜在一旁喊：「小官人，沒酒了啊。」

牧斐聞言，便在安平的背上掙扎拍打著，仰天大吼。「那就取酒來！」

秦無雙來到門邊問：「這是怎麼了？」

安平等人見了秦無雙，齊齊喊了聲。「小娘子。」

幾人甫一近身，濃濃的酒氣便撲鼻而來。秦無雙皺眉瞅了眼爛醉如泥的牧斐，問道：「他怎麼喝成這個樣子？」

安平道：「小的也不知道，方才是謝公子與段公子一起將小官人送回來的。」

平日他們幾個也時常一起喝酒，但從未喝成這副模樣，牧斐看起來就像是在哪兒受了一肚子氣，猛拿酒消愁似的，散發著一股萎靡不振的壓抑。

「先送回房去。」秦無雙偏頭示意道。

安平他們立即將牧斐送進了西屋。

秦無雙又轉頭對半夏吩咐道：「半夏，去煮些醒酒湯來。」

「是。」半夏領了吩咐立即去辦了。

秦無雙與蕊朱一起跟著進了西屋，站在一旁看著安平他們手忙腳亂地幫牧斐脫鞋、脫衣、蓋被子。

秦無雙無意間瞥見牧斐的手好像有些不對勁，走到床邊拉過來一看，果然手背四根指骨處皮肉外翻、血跡未乾，隱隱還能看見白骨。

她駭然一驚。「他的手怎麼會這樣？」

安平他們也是滿臉惶恐道：「小的也不知道是怎麼回事，今兒個小官人出府前不准我們跟著，回來時就已是這樣了。」

看傷口，像是被什麼尖銳的東西砸了似的，因沒有及時處理，此時已經紅腫起來。她一面吩咐安平準備溫熱水、巾帕，一面對蕊朱道：「回房去取創傷藥和紗布來。」

安平、蕊朱紛紛領命出去了。

不一會兒，安平端來一盆搭著巾帕的溫熱水放在床頭小几上，蕊朱也取了藥和紗布，立在一旁伺候著。

秦無雙正替牧斐清洗傷口，牧斐忽然揮動手臂，嘴裡急切地低喊著。「不要走，不要走……」他那副模樣，活像有人生生把他的心肝從身體裡挖走一般神色扭曲，雙手在半空中一通亂舞。

秦無雙只好將他的手臂拉了回來，牧斐彷彿溺水的人抓住最後一根救命浮木般反握住秦無雙的手，不再亂動了。

秦無雙無奈地輕嘆了一聲，將牧斐的手背反轉向上，輕柔地用濕絹子將血都擦乾淨，然後一點點塗上藥，最後慢條斯理地用紗布纏好，繫了一個美麗的蝴蝶結。

待做完這一切，秦無雙一抬頭，竟發現牧斐睜著一雙迷濛的醉眼癡癡地看著她，嘴角抿著一絲傻笑。

秦無雙愕然，以為他醒了，正要開口說話，卻見牧斐努著嘴，十分乖巧地說：「妳喜歡我讀書，那我就努力讀，我會去考功名，只要妳留下來。」

「……？」

她好像並沒在牧斐面前表現出她要離開的蛛絲馬跡吧？他為何會這樣說？

秦無雙抿唇瞧著牧斐，他似醒非醒的，似是在說胡話，可他話裡的意思十分清晰明確，聽著又不像胡話，尤其是他眼裡的認真，弄得秦無雙一時不知是真話還是胡話了。

牧斐拉了拉秦無雙，委屈巴巴地問了句。「好嗎？」

不知怎地，秦無雙心頭莫名一軟，鬼使神差地應了一句。「好，我留下來。」

牧斐一聽，開心極了。

恰值半夏熬好醒酒湯送了過來。「小娘子，醒酒湯來了。」

秦無雙接過醒酒湯，用湯勺攪了攪，舀起一勺送到牧斐嘴邊，牧斐還抿著唇，看著她一個勁地傻笑。

「張嘴。」

牧斐立刻乖巧地張大嘴巴。「啊……」

秦無雙被牧斐的樣子逗得有些忍俊不禁，將湯勺送進嘴巴裡，牧斐立即咬住湯勺不放，秦無雙無奈地喊：「鬆口。」

牧斐再次乖巧地長大嘴巴。「啊……」

如此張張閉閉，哄了大半天，終於將一碗醒酒湯餵了下去。

秦無雙放下碗，站起身來打算回屋去，卻看見牧斐的目光一刻不離地跟隨著她，紅紅的丹鳳眼裡隱有霧氣，閃動著明顯的患得患失和即將被拋棄的委屈。

這樣的牧斐真是……

秦無雙只好復又坐下，將牧斐的手塞進被褥裡，看著他命令道：「閉眼，睡覺。」

牧斐抿唇一笑，立即乖巧地閉上眼睛睡下了。

但只要秦無雙一動，他就立即睜眼，見秦無雙無奈地瞪著他，他又趕緊閉上眼。

如此，搞得秦無雙一動也不敢動了，直到牧斐的呼吸均勻，徹底睡熟了之後，秦無雙才回了屋。

翌日，牧斐睡到日上三竿才醒。醒來時，頭昏腦脹的，已將昨日醉酒之後的事情忘得一乾二淨，只記得秦無雙與蕭統佑一起去看了宅子。一想到這裡，頭就疼得更厲害了，他使勁捶打著腦門，掀被子起身。

芍藥聽見動靜，趕緊進來伺候。

牧斐見了她，皺著眉頭問：「秦無雙呢？」

芍藥答：「小娘子一早就出門去了。」

一早就出門了？果然，昨兒個剛買宅子，今日便迫不及待去會老相好了。

他頭疼得幾欲裂開，只得使勁捏了捏額角，將手伸給芍藥。「先扶我起來。」

芍藥剛要去扶，安平突然急匆匆地跑進來道：「小官人，宮裡的御前內侍來傳話了，小官人趕緊準備接見。」

牧斐愣然抬頭。「傳誰的話？」

安平搖頭。「小的也不知。」

芍藥伺候牧斐迅速洗漱更衣，剛掀起門簾，就聽見院子裡紛沓的腳步聲。

出了屋，牧斐見牧懷江畢恭畢敬地領著內侍走了過來。他趕緊迎了出去，拱手招呼道：

「中貴人好。」

內侍笑呵呵回禮道：「牧小公子貴安，咱家奉齊妃娘娘之命前來給牧小公子傳個話。」

齊妃娘娘？御前內侍可是專門伺候皇上的，為何會替齊妃娘娘傳話？

牧斐來不及多想，垂首請道：「中貴人請說。」

第四十七章　為公主伴讀

內侍斂色肅然道：「齊妃娘娘得知牧小公子在太學表現甚好，頗得夫子稱讚，故特選牧小公子每旬入宮兩次為九公主伴讀。」

聞言，牧斐心頭一突。齊妃娘娘竟要他進宮為九公主司玉琪伴讀？他沒聽錯吧？

他一時不明白齊妃娘娘是何用意，便試探著問：「敢問中貴人，宮中有的是才華橫溢的女史，齊妃娘娘為何會選上我一個外男去為九公主伴讀？」

他特意加重「外男」二字，表明自己的身分委實不適合去宮裡給一個公主當伴讀。

內侍斜眼看著他，似笑非笑地提點道：「牧小公子如此聰明，難道猜不出這也是皇上的意思？」

九公主司玉琪是二皇子的同胞妹妹，又是皇上最疼愛的一位小公主，但凡司玉琪喜歡的，就是天上的月亮，皇上也會為她摘下來，何況選一個外男當伴讀。但公主伴讀雖多，卻多為女史，鮮少有外男入宮伴讀一說，所以，若不是司玉琪親自要求，皇上是不可能做此決定的。

可司玉琪為何要選他當伴讀？伴讀伴讀，就是時常陪伴公主讀書，可齊妃娘娘的意思是只讓他每旬入宮兩次，聽起來不像是伴讀，倒像是陪玩的。牧斐本不想淌這渾水，可轉念一想，若秦無雙得知他要去給司玉琪當伴讀，心裡會不會有一絲在意？

他突然很想知道答案，便笑著應承下了。他也清楚，齊妃娘娘既派御前內侍來傳話，就是由不得他不應。

秦無雙想著牧斐昨夜醉得不輕，便早早結束了藥行的事情，提前回到牧家。

她和蕊朱甫一走進紫竹院，便瞧見牧斐獨自一人坐在堂屋的桌子旁喝著茶。

她嘴角抿起一絲淺笑，走進內院的腳步不由得加快了些，臨到階下，剛想問候牧斐，就聽見牧斐陰陽怪氣道：「我還以為妳今兒個捨不得回來呢。」

聽到這語氣，秦無雙斂了色，頓在屋外。「……你什麼意思？」

牧斐百無聊賴地轉動著茶杯，隨口道：「沒什麼意思。」頓了頓，又道：「今日宮裡的御前內侍來傳話，說齊妃娘娘聽說我在太學課業太過優異了，便指名道姓地選我入宮去給九公主做伴讀。」說完，他抬眸，直直注視著她的眼睛，咧嘴笑了下。「我已經應了。」

九公主司玉琪？難怪看起來那麼開心。

秦無雙被他臉上的笑意刺得心口一抽，面上卻是無動於衷，只將眸垂下，掩飾住她眼底悄然升起的失望。

也是，他們前世原本就應該是一對，如今看來二人是可以再續前緣、修成正果了。她理應成全。

「這是好事，恭喜你。」說完，她不再去看牧斐，進了堂屋後，便徑直往東屋走。

牧斐突然站起來，轉身朝她低吼。「這難道就是妳要對我說的話？」

他等了半晌，等來的竟是一句「恭喜」！

秦無雙皺眉，頓住腳步，轉頭定定地瞅著牧斐，面無表情地問：「那你想聽什麼話？」

牧斐狠狠地咬住牙根，強忍著心中怒火。

果然，她心裡早已有了別人，所以根本不會在乎他，她甚至連一句敷衍的謊話都不願意對他說。

秦無雙見牧斐不說話，轉身一掀簾子進屋，蕊朱急急忙忙地跟著一起進去了。

放下簾子後，她聽見外面傳來凳子被踢翻在地上的聲音，眉頭皺得越發緊了。

蕊朱偷偷覷了秦無雙一眼，見她進屋後就站在門內發起了呆，半晌也不動。「小娘子，累一整天了，奴婢伺候您更衣沐浴吧。」

秦無雙緩緩轉過頭，眸光渙散地望著蕊朱問：「妳說什麼？」

蕊朱見狀，嚇了一大跳。「小娘子沒事吧？」

秦無雙低下頭，揉了揉太陽穴，同時揮手道：「妳先出去，我想一個人靜一靜。」

蕊朱本想再說兩句，卻見秦無雙徑直往裡間走去，她只好閉嘴轉身出去了。

這日，宮裡來了人，請牧斐入宮伴讀。

牧斐入宮後，以為伴讀之地在資善堂，那裡是專門供皇子、郡王、公主、郡主上課的地方。誰知內侍直接將他帶到了玉宸殿，玉宸殿是宮中藏書的地方，裡面有數不盡的各類書籍。

難道司玉琪平日都是在玉宸殿上課的？

也是，她一個公主，金枝玉葉的，怎麼會和一幫皇子、郡王一起上課。

牧斐也沒多想，等了一會兒，見司玉琪還沒來，便獨自一人在殿內逛了起來，隨手翻閱起架上的藏書。他翻到一部兵書，一時看得入迷，沒發現身後有人接近。

司玉琪見牧斐站在書架旁，垂首看書看得十分入迷，又見他長眉入鬢、鼻如懸膽、薄唇精緻、玉樹臨風，全身上下，無一不在張揚著矜貴與不羈。

她手拿團扇，一手拉起裙裾，躡手躡腳地走近牧斐，見牧斐猶未察覺，便放下裙裾，整理好儀容，用團扇輕輕拍打了一下牧斐的肩。

牧斐心下一驚，轉頭見司玉琪近在咫尺，嚇了一大跳，忙向後退了兩步，將書放回書架，朝司玉琪拱手作揖道：「微臣牧斐參見公主殿下。」

司玉琪笑看著牧斐。「免禮吧。」

牧斐見司玉琪一直看著他笑，只覺得渾身彆扭，目光便越過司玉琪朝後面一看，見只有兩個宮裝打扮的侍女垂首靜立在門內，便問：「都快巳時了，怎不見夫子來？」

司玉琪「噗哧」一笑，用團扇擋住口鼻，道：「牧公子，你是真不明白，還是假不明白？」

牧斐瞧著司玉琪那直勾勾的眼神，心下微微一沈，乾笑道：「微臣是真不明白。」

司玉琪咯咯直笑。「都說你是風流少年，本公主瞧你就是根榆木頭。」說著，她朝牧斐拋了一個媚眼，然後步步逼近他道：「根本沒有什麼夫子，也沒有什麼伴讀，這裡只有你與本公主，你難道還不明白本公主的用意？」

牧斐步步避讓，隨即拱手就要告退。「既然如此，微臣告退。」

司玉琪忽然繃著臉喊他。「牧斐，你是真不知好歹，還是假不知好歹？」

縱使牧斐再遲鈍，此刻也摸清了司玉琪的用意——她八成是看上了自己。他只好硬著頭皮轉身道：「回公主殿下，牧斐已有家室，若跟公主獨處一室，恐會壞了公主的名聲。」

司玉琪調笑道：「壞了就壞了，正好你娶了本公主。」

果然……

牧斐再次強調。「公主殿下，牧斐已有家室……」

司玉琪打斷他。「你少哄本公主，本公主知道你與那秦無雙只是訂了婚而已。」

牧斐耐著性子道：「是只訂了婚，但明年就會正式完婚。」

司玉琪傲然怒叱。「那就退了她！」

牧斐道：「……還請公主慎言。」

司玉琪走到牧斐面前，搖著手中團扇。「本公主說的是真的，你與秦無雙退婚，娶本公主，本公主能給你秦無雙給不了的一切，包括爵位世襲。」

牧斐：「……」

他看著司玉琪不說話了。

要知道爵位世襲，可不是她一個公主說了算的，司玉琪敢這麼承諾，一定是皇上在後面表了態。他不由得想起幾個月前父親匆匆回京，不知是否與此事有關？畢竟關乎爵位世襲，皇上一定會試探父親的想法。

司玉琪是二皇子的親妹妹，若是司玉琪嫁給牧家，就相當於在為二皇子拉攏牧家。瞧司玉琪這態度，難不成皇上是在為二皇子鋪路——難道皇上真的有意立二皇子為儲君？如果真是這樣的話，皇上一定會想盡辦法逼他娶九公主，那麼到時候秦無雙……

瞬間，無數個念頭在他腦中盤旋，攪得他心神大亂。

司玉琪見牧斐陷入沈思，以為他心動了，便笑著說：「你回去好好考慮一下，本公主等你好消息。」

牧斐匆匆告辭。

從宮裡回到府裡，牧斐一路心神不寧的，回屋後見秦無雙不在，想著或許又是去見那個姓蕭的人，不由得更加煩悶，便出去找段逸軒他們喝酒去了。

此後，宮裡數次派人來請牧斐進宮伴讀，皆被他用各種理由婉拒了。

轉眼兩個月，牧斐以優異的成績升為應天學院上舍下等生。

正是重陽節，年年此時，皇上都會登上寶津樓看禁軍百戲獻演。一來為重陽助興添樂；二來藉此檢閱禁軍身手，免得禁軍逸於安樂。但因皇上大病初癒，不宜操勞，便將今歲登寶津樓閱禁軍一事交由二皇子代為執行。

一時間，朝廷上下，城裡城外，皆以為皇上此舉是欲立二皇子為儲君。不少見風使舵之人便紛紛聚攏在二皇子身邊，鞍前馬後，逢迎拍馬。

皇子奪嫡之事，本跟牧斐無關，直到前不久，牧斐竟陸陸續續接到各家皇子的邀請帖子。

五皇子請打馬球。

六皇子請賞名士之畫。

這不，又有二皇子請登寶津樓共賞禁軍百戲獻演。

牧斐想不通的是，自己何時變得如此受皇子們歡迎了？

要不是這些皇子同時也給段逸軒和謝茂傾二人送了帖子，他險些以為皇子們是故意在拉攏他。

倒不是說他不能拉攏，畢竟他背後頂著三股巨大的勢力。可是大家也知道，他牧斐是個十足的紈袴，爛泥扶不上牆，加上世襲不了爵位，眼下又是白身，拉攏他也幫助不了什麼。

段逸軒與謝茂傾雙雙前來約牧斐一同前去寶津樓。為了方便說話，段逸軒和謝茂傾鑽進牧斐的大馬車裡，二府馬車則跟在後面前往寶津樓。三人在路上談論著近來的局勢與諸位皇子的舉動。

「文湛，你說二皇子此舉是何用意？」段逸軒問。

「我看……八成是在拉攏文湛。」謝茂傾道。

謝家與段家雖表面看起來無上尊貴，但都是虛的，在朝中並無實權。他們三家中，最有實權的便是牧家，不僅有手握軍權的牧守業，還有姻親樞密院使金長晟與當今太后，故而謝茂傾與段逸軒都猜想二皇子此舉真正用意許是為了拉攏牧斐，至於他們倆，完全是用來掩人耳目的。

牧斐道：「不管他們有什麼目的，我們見帖就收、見約就赴，一視同仁，誰也不得罪。」

段逸軒拍手道：「此舉好，既不得罪人，也不表明態度，他們爭他們的，我們玩我們的。」

正說著，安平拉停了馬車，在前面低聲喊道：「小官人們，寶津樓到了。」說完，跳下車頭，搬來下馬凳。

段逸軒在前，打起簾子先下了車。

牧斐與謝茂傾在後，三人剛立定，忽見前面幾輛豪華大馬車陸續停了下來，那裝飾氣派的一看就是皇家子弟的馬車。

三人心領神會，便站在馬車旁不動，打算等那些皇子進去了他們再進去。為首的是二皇子的車駕，只見他摟著一豔婢下了馬車，旁有一眾嬌童伺候，後面三皇子、五皇子、六皇子、八皇子也紛紛下了馬車，正往前面走。

二皇子微微偏頭溜了一眼後方，見三皇子司昭同一名面容清冷的婢女正往這邊來，便故意煞住腳，豔婢一時不防，踩在了二皇子腳上，頓時嚇得花容失色、渾身發軟，險些跪下了。

二皇子拉住她，依舊摟在懷裡，看著她皮笑肉不笑道：「怕什麼，好好站著。」那豔婢只好心驚膽顫地縮在二皇子懷裡。

二皇子看了一眼被踩髒了的秋香織錦靴，皺眉道：「髒了啊，三弟……」他轉過頭，看向不遠處立住的司昭，輕佻的目光瞥了他身邊的侍女一眼，笑道：「我瞧你身邊的侍女挺伶俐的，就讓她過來替本王擦鞋吧。」

其他皇子已陸續聚集了過來，正笑看著眼前一幕。

司昭抿唇沒說話，臉上也看不出什麼表情，唯有牧斐留意到，司昭垂下的手背隱有青筋顫動。

第四十八章　別鬧

「怎麼，捨不得啊？」二皇子看著司昭冷笑。

司昭拱手淺笑。「二哥說笑了，能替二哥擦鞋是檀萱的榮幸。」說完，他朝身旁的侍女遞了個眼神。

檀萱立即上前，跪在尖銳的石子小道上，拉出袖口，一點點地替二皇子將鞋面擦拭乾淨。

末了，二皇子彎下腰輕佻地掐住檀萱的下巴抬了起來，肆無忌憚地瞅著她的小臉打量。「倒是個姿色不錯的小美人，本王喜歡——不知三弟肯否割愛送給本王？」

這擺明了是存心欺辱司昭。

因為無論他送與不送，都是個笑話。

送，是被橫刀奪愛，是無能，也是在警告他不要覬覦不該屬於自己的東西。

不送，是自不量力，是不敬，是公然和二皇子這個未來儲君作對。

司昭垂眸，藏拳於袖中，正要開口時，忽聞有人道：「微臣牧斐見過二殿下，見過各位皇子殿下。」

二皇子一見是牧斐，立即鬆開人，笑著迎上來，勾著牧斐的肩膀道：「牧兄，你來了，走，跟本王一起進去。」

眾人聞言，各自悄悄對視了一眼。

何時二皇子竟與牧斐稱兄道弟起來了？

這也是牧斐納悶的地方，他幾時與二皇子這麼親近了？

不過礙於情面，牧斐也只得順著二皇子的意，隨他一起進了寶津樓。

二皇子一走，段逸軒立刻上前扶起久跪在地的檀萱。

檀萱起身後，連忙往後退了一步，避開段逸軒的手，屈膝欠身致謝，便垂頭又回到司昭身邊。

司昭朝段逸軒點了一下頭，段逸軒匆匆一拱手，轉身與謝茂傾緊跟著牧斐進到了寶津樓。

寶津樓看臺上，正中坐著二皇子，左下首依次坐著牧斐、段逸軒、謝茂傾等汴都有名望的世家子弟；右下首按照皇子排行，依次坐著三皇子、五皇子、六皇子等皇子們。

眾人成梯形席地坐在階梯席面上，看著臺下禁軍百戲獻演。

二皇子高坐在看臺上，俯視著下方眾人，忽然生出一股俯瞰芸芸眾生、眾星拱月、高高在上的得意感。

半年前父皇病重，他險些以為父皇不行了，便暗中鼓動朝中各大勢力，想逼宮立他為儲，畢竟他是父皇所有兒子中年齡最長的，而且他的母妃可是齊妃娘娘。皇嫡母薨逝後，後宮一直無主，他不明白父皇為何不重立皇后，但是也好，因為皇后不在，父皇把主持後宮的大權交到了母妃手裡，也就是說，母妃很有可能是未來的皇后娘娘。

所有人都以為儲君之位非他莫屬，誰知，他那個平日不聲不響的三弟在父皇病重之時，竟四處求醫問藥，替父皇拜山祈福。此事不知怎地落到了父皇耳裡，自父皇痊癒之後，竟對三弟另眼相看，此後格外恩寵，還時常把他叫到身邊談心。好在母妃經常在父皇跟前數落三弟的不是，這才使得父皇這陣子又開始疏遠他。

二皇子瞅了正襟危坐在自己席案前的司昭一眼，聽說薛家的薛娘子跟他有些曖昧……他一掌拍在汝窯執壺上，緊緊抓住，心道：不自量力的東西，敢跟我爭，你也配？

想到這裡，他又忍不住想奚落司昭一番，好讓他從今以後認清楚自己的身分，便靠在几上，朝司昭喊道：「三弟啊，本王壺裡的酒沒了，煩勞把你桌上的酒端過來替二哥倒上一杯吧。」

他酒壺裡的酒自然是有的，之所以這麼說，就是想當著所有權貴的面讓司昭像個下人一樣為他端茶遞水。

司昭聞言沒動，低垂著眼不知在想些什麼，只是放在几上的拳頭昭示著他正極力隱忍與克制。

看著今日二皇子一而再地當著眾人之面辱沒司昭，不知是何意……牧斐突然想起此前秦無雙說過，司昭有可能會登基為帝，心下一動，便笑著起身道：「二殿下的酒沒有了啊，那正好，我的酒還沒動，我來為殿下親自滿上。」說著，提著自己的執壺走到二皇子的几案前，彎下腰，取過二皇子的空酒杯替他倒滿放好。

二皇子緩緩坐正身子，抬頭睨著牧斐，皮笑肉不笑地反問。「牧兄，你知不知道你在做什麼？」

他擺明了就是想當著眾人的面侮辱司昭，可牧斐卻半路替司昭出頭，難不成他已經站在司昭那邊了？

牧斐看著二皇子，意味深長道：「二殿下，您是覺得微臣替您親自斟酒不夠分量？」

這話反問得二皇子一愣。

二皇子轉念一想，牧斐此話之意，莫不是在向他示好？

想罷，他舉起酒杯，盯著牧斐的眼睛道：「牧兄若是有誠意，不如將壺中餘酒乾了？」

牧斐看了二皇子一眼，十分爽快道：「沒問題。」說完，他當著二皇子的面，仰頭一口氣飲完，為了表示自己的誠意，他還特意將執壺抖了抖，確定最後一滴已經進入了他的喉嚨，然後笑著晃了晃空酒壺。

二皇子見了，猛地一仰頭將杯中酒喝了，然後放下酒杯哈哈大笑道：「牧兄爽快！不愧是我妹妹看中的人。」

牧斐神色微凝。

他沒想到二皇子竟會公然承認九公主對他有意，如此一來，眾人定會猜想方才二皇子之所以與他親如兄弟，原是因為九公主。

果然，眾人一聽，紛紛向他投來異樣的目光，那目光裡有揣測、有驚訝、有不解，還有豔羨。

牧斐斂色回到坐席上，段逸軒伸著脖子悄悄問他。「文湛，怎麼回事？你與九公主……」

牧斐沈臉打斷道：「回去再說。」

待獻演結束，二皇子先起身離去，牧斐、段逸軒、謝茂傾落後一步，見眾人都走了，三人這才結伴而出。

臨上馬車時，忽見司昭立在馬車一側，見了三人，也只看牧斐，拱手道：「今日多謝牧公子兩次相助，小王不勝感激。」

幫他並非有意，純屬看不慣而已。

牧斐轉頭看向段逸軒與謝茂傾，一臉茫然道：「今日我做了什麼？」

段逸軒懵過之後，立刻反應過來，連忙搖頭道：「你今日什麼都沒做啊。」

牧斐又笑看向司昭道：「三殿下，許是您想多了，微臣今日只是來看百戲的。」

司昭何其聰明，立刻明白牧斐這是不想承他的情分，便淡淡一笑，朝牧斐拱手告辭了。

秦無雙回府之後，見安平、安明不在，問了芍藥，方知牧斐去了寶津樓。

每年重陽節這日，皇上便會親臨寶津樓觀看禁軍百戲獻演，非達官顯貴不得入內。但秦無雙聽說今歲皇上命二皇子代為登寶津樓閱戲，再聯想起近日牧斐三不五時收到各位皇子的邀請。皇子奪嫡期間，最是拉攏人心時，牧斐身分特殊，背後擁有三方勢力，秦無雙不由得有些擔心牧斐會被攪和進去，便一直等在堂屋，想和牧斐好好談談。

夜幕低垂，牧斐終於搭著安平的肩膀，趺趺撞撞地回來了。

秦無雙見狀，起身迎了出來，甫一近身，便聞見牧斐身上散發出來的濃濃酒氣。她微微蹙眉問：「你又喝酒了？」

牧斐打了個呵欠，精神萎靡地點了下頭，坦然道：「喝了。」

「你是不是跟那些皇室子弟們一起喝的？」

聽見秦無雙質問他，牧斐心裡竟覺得十分舒坦。他推開安平，努力站穩，笑看著秦無雙挑眉道：「是啊，妳不知道小爺我在皇室子弟面前多受歡迎。」

秦無雙一把抓住牧斐的手，緊張地盯著他。「牧斐，聽我一句勸，奪嫡期間，不要與他們過多來往。」

牧斐垂眸看了被秦無雙抓住的手一眼，目光再次移回秦無雙臉上，小心翼翼地問：「妳是在擔心我嗎？」

自始至終，她一直都在擔心牧斐的處境，這點毋庸置疑，遂點頭道：「是，我很擔心你。」

聞言，牧斐鳳目中湧出狂喜，似黑暗過後的黎明，亮得出奇。他克制住內心的激動，輕輕地說：「妳放心，我沒那麼傻，不會瞎站隊的。」

「那就好。」

秦無雙鬆了一口氣，正要放手，牧斐突然反過來用力抓住她，灼灼目光緊緊鎖住她的眼睛，裡面流露出一絲卑微的乞求。「其實……只要妳願意管我，我什麼都聽妳的。」

秦無雙：「……」

她看著牧斐，一時愣住了。

其實這幾月以來，秦無雙能感受到牧斐對她似乎比之前更加冷淡了，好在牧斐的確是往她預期的方向發展，棄玩樂、入太學，並很快升為上舍生，相信用不了多久，他就能考取功名回來，她應該感到高興，可是心底終究還是有一絲失落。

直到方才，她看見牧斐眼底深處的渴望，如同黑夜中蟄伏著的猛獸隨時會撲出來一般，她才明白，原來牧斐對自己的態度並非冷淡，而是賭氣。

——他希望她管束他，並且表示願意聽她的話。

秦無雙的心裡一時五味雜陳。

她嫁給牧斐，從來不是向著愛而去的，因此從未奢望，也不敢奢望牧斐會記起前世，更沒想過牧斐會喜歡上她，其實就連前世牧斐是否喜歡她，她都無法確定。所以這世她所做的一切，不過是在於一個「恩」字而已，她從沒想過，也不敢去想自己會不會喜歡上牧斐。

直到這一刻，牧斐明確地對她說，希望她管束他，她發現她的心，竟會因為牧斐的期待而感到一絲雀躍。

她始終不敢面對自己對牧斐究竟是一種什麼感覺，因此用冷漠疏離來隔絕一切期望，總覺得只有這樣，她才能夠去留隨意，但那種時不時的怦然心動總如枯榮的原上草，野火燒不盡，春風吹又生。她有許多次衝動地想放任野草生長，可她不敢這麼做，因為自她踏進牧家的那一刻，她就知道注定不會長久。

況且最近外頭沸沸揚揚地傳言著牧斐將與她退婚，迎娶司玉琪，無論真假，在這件事上，她已經退卻了。前世，若不是因為她，牧斐和九公主早就成了，之後皇上或許會看在九公主的面子上放過牧家，牧家不會被抄家，牧斐最後也不會過得那麼淒慘。既然這一世他們二人要重來，她又何必橫加阻攔，不如成全他們，反正再一年多她就要離開牧家了。

她深吸一口氣，面無表情地說道：「你已經不小了，除了你自己，誰也管不了你。」說完，撥開牧斐的手，轉身徑直回屋了。

牧斐的手垂落了下來，他站在院子裡，望著秦無雙的背影發呆。

濃濃夜色中，他的身影就像一隻落單的孤雁，透著一股無法言說的寂寥。

轉眼已是冬至。

皇上在前朝舉行大朝會盛典，迎接天下四海來賓恭賀。

入夜後，齊妃娘娘在後宮盛宴款待汴都城內上了品的官眷貴女們。

牧老太君年紀大了，不想湊這個熱鬧，便留在家裡，倪氏就帶著牧斐與秦無雙一道去了。牧家兩輛馬車停在下馬碑前，牧斐扶著倪氏下了馬車，半夏則扶秦無雙下車。

宮裡的領事內侍這時迎了上來，互相見過禮後，便在前頭領著他們一眾人入了宮門。根據宮內的規矩，秦無雙品階不夠，不能帶丫鬟入內，半夏便只能留在二宮門外候著。牧斐見秦無雙形單影隻地落在後面，便折回來二話不說地拉著秦無雙的手一同往前走。

秦無雙轉頭看向他，用眼神詢問此舉何意。

如今，整個汴都城都在傳他將與秦無雙退婚，改娶九公主司玉琪，他這個正主竟有理也說不清了。既然如此，他正好藉著此次進宮，光明正大地牽著秦無雙的手出現在眾人面前，以此宣告——他要娶的人自始至終只有秦無雙，根本沒有什麼九公主司玉琪。

可這樣的話他一時也說不出口，只好目視前方，硬邦邦地說道：「宮裡規矩多，妳還是緊緊跟著我，免得鬧出笑話，丟了牧家的人。」

原來是嫌她笨手笨腳啊……

秦無雙有些氣惱，猛地抽回自己的手，斜瞪了牧斐一眼，然後快步追上倪氏，與倪氏一前一後走著。

牧斐吃了個癟，只好撓了撓頭，趕緊追上去，跟在二人身後，目光始終鎖定著秦無雙的背影。

宴會的地點在景福殿。

快到大殿時，牧斐三步併作兩步迅速上前，強行拉住秦無雙的手，與她並肩進入大殿。

秦無雙不明所以，正要抽手，牧斐忽然附耳，帶著幾分央求道：「這麼多人看著呢，別鬧好不好，就當給我一個面子。」

明明是你在鬧好嗎？秦無雙正要反駁，一看滿大殿的人都朝門口看過來，只好深吸一口氣，任由牧斐拉著她的手走。

一路上，牧斐緊緊牽著秦無雙，大搖大擺地在眾目睽睽下步入了景福殿。

立刻有人指著他們竊竊私語起來。

「不是說牧小爺要娶九公主嗎？怎麼公然帶著另一個女子來赴宴？」

「哎，你剛回來，有所不知，牧家早就和秦家三房的嫡女訂婚了。」

「那牧小爺拉著的女子便是秦家三房的嫡女？」

「正是。」

「看來牧小爺要娶九公主的事情八成是謠言。」

「人家都把正妻帶來了，娶九公主的事當然是假的了。」

對話紛紛入耳，秦無雙這才明白牧斐為何一進宮便強拉著她的手不放了，他竟是在公然昭示眾人，她才是他未來的正妻！

第四十九章　遇險

思及此，秦無雙一時心緒起伏不定，她趁隙看了牧斐一眼，只見他滿面春風，像隻開了屏的花孔雀似的。

秦無雙垂下眼眸，掩飾住眼底飛快升騰起的笑意，並將手中微微抗拒的力道收放成順從。

牧斐顯然也感覺到了，他飛快地看了眼二人相扣在一起的雙手，又猛地抬頭看向秦無雙，黑曜石般的眸子裡一瞬間有如滿天繁星，亮得出奇。

秦無雙抿著唇，唇角微勾，垂著眼眸不去看他。

天知道，牧斐此刻的心情是多麼欣喜若狂。

因殿內坐席分男女賓，是以牧斐安頓好倪氏與秦無雙之後，便走到男賓那邊落坐。落坐不久，忽然有人拍了他的肩膀一下……

坐席上，倪氏與同桌女賓們聊了起來，期間也有人詢問秦無雙與倪氏的關係，倪氏倒是大大方方承認了秦無雙是她未來的兒媳。眾人又開始打聽秦無雙的底細，倪氏不想繼續說下去，便轉移了話題。

平日秦無雙很少與這些命婦貴女們打交道，這會兒被她們問東問西的，一時很不適應，只能無所適從地四下亂看，恰逢不遠處的首席上薛靜姝也正朝她看過來，見秦無雙終於看見了她，便高興地向她揮了揮手。

秦無雙正要揮手回應，卻見薛靜姝身邊一位雍容華貴的婦女迅速拉回她的手，面容嚴厲地對她低聲說了些話，薛靜姝只好垂下頭，擺出一副端莊的樣子，正襟危坐。

這裡是皇宮，處處都得講規矩。

秦無雙也只好整肅儀容，乖乖坐好，她下意識瞥向男賓席，卻發現牧斐不見了。

坐席上之人還在對她滔滔不絕地品頭論足，倪氏臉色越來越差，秦無雙也實在坐不住了，便想出去透透氣。

出了景福殿的後角門就是迎陽門，穿過迎陽門便是後苑。秦無雙原是想去後苑轉轉，誰知剛一出景福殿就有人喊住她。

「秦娘子。」

秦無雙回頭一看，是一個宮裝打扮的小宮女。

「妳是……？」

那宮女恭敬上前，朝她屈膝福了福，微笑著說道：「奴婢是寶慈殿裡的宮女，太后娘娘打發奴婢前來請秦娘子去寶慈殿一趟。」

太后年紀大了，身子越來越慵懶了，宮裡一切與太后無關的盛宴她通常都不出席。秦無雙原是打算等宴席結束後，轉道去寶慈殿拜見太后娘娘，沒承想太后娘娘竟先派人來請她了，如此之急，八成是有事要與她說。想著離開宴還有一段時間，秦無雙便點了點頭，道：「走吧。」

那小宮女卻帶著她往迎陽門方向走，秦無雙頓住腳步問：「去寶慈殿怎麼還往後苑走？」

小宮女回身答道：「奴婢才從前頭來，聽殿前司護衛說聖上在福寧殿裡與幾個外使在談事，那一帶已被禁軍圍住了，前面的路暫時不讓閒雜人等通過，奴婢只好從皇儀門繞道宣佑門進來。眼下，唯有從後苑穿到寶慈殿最快。」

秦無雙想了一下，也對。景福殿在後庭東北角，寶慈殿在後庭西側中，若想從景福殿前往寶慈殿，先得南行至慶壽宮，再穿過福寧殿前大夾道才能到達。如今福寧殿前不能過，的確從後苑穿到寶慈殿後門最快。

入了後苑，她們往寶慈殿方向走，走著走著，途經一處亭子，突然聽見裡面有人喊了聲。「牧斐！」

秦無雙下意識頓住步伐，轉身往那亭子望去，只見亭子臨著荷花池，地勢微高，四下黑暗，唯有亭子四角懸著四盞明角宮燈，照得亭內情景一覽無遺。

亭子裡站著一男一女，男子面湖而立，身材修長，穿著一襲墨色竹葉紋藍袍，頭戴羊脂小玉冠，正是牧斐今日的打扮。

他對面站著盛裝打扮的九公主司玉琪，二人正在說話，牧斐微微將臉別開。宮燈下，那張熟悉的不能再熟悉的側顏如往日一般，俊美非凡。

就在此時，司玉琪突然撲進牧斐懷中，牧斐垂著手，低頭不知道在說些什麼，而司玉琪則緊靠在牧斐懷裡，雙肩聳動，似在哭泣。

片刻，從秦無雙的角度正好看見牧斐抬起手，似在回抱司玉琪，二人緊緊依偎在一起。

冬至的夜風，帶著清冷的暗香襲來，秦無雙突然覺得如墜冰窟、渾身發寒，忍不住微微顫抖了起來。

她牽了牽唇角，扯出一絲比哭還難看的自嘲，然後轉身仰頭看了一眼懸掛在枝頭的冷月，再低頭時，卻見領路的小宮女正瞅著她，露出一絲詭異的笑。

她愣了一瞬，忽覺有異香撲鼻，定睛一看，見那小宮女手中捏著一個鼓鼓的布包。

不好！

心中警鈴大作，她迅速捂住口鼻向後急退了幾步，只是為時已晚，她的身體就像是洩了氣的皮球般瞬間被抽空，緊接著眼前一黑，整個人便癱軟下去。

然而亭子裡的牧斐絲毫沒有察覺到這邊的動靜，他再次用力推開投懷送抱的司玉琪，警告道：「公主殿下還請自重，微臣已經說過，微臣喜歡的人是微臣的未婚妻，微臣是不可能娶公主殿下的，您這樣做只是在自取其辱。」

司玉琪卻抱著牧斐死不放手。「我堂堂一公主放下尊嚴求你娶我，你就這麼對待我？我哪裡比不上那個秦無雙？」

牧斐覺得再講下去也是無用，便最後勸誡道：「公主殿下，還請放手，不然休怪牧斐對公主殿下無禮了。」

「你敢?!」司玉琪仰頭怒視著他。

牧斐再次抓住司玉琪的雙臂，這次力道大如鐵鉗，疼得司玉琪不得不鬆開死抱住牧斐的手，緊接著被用力向後一推。

司玉琪趔趄著後退，一時間鬢髮散亂、珠釵歪斜、花容失色，險些跌坐在地上，虧得慌亂中摸到扶欄穩住了身體。她似不相信牧斐竟會真的推她，一臉失望地瞪著牧斐道：「牧斐，你會後悔的！」

牧斐回瞪了她一眼，拂袖轉身就走了。

回到景福殿後，牧斐瞄了秦無雙的方向一眼，但見座位上空無一人，唯有母親正與人說著話。他忙四下察看，卻發現整個大殿內都沒有秦無雙的身影，心中忽然生出一絲不祥的預感，再聯想到司玉琪突然派人叫他出去跟他表明心意，這絲不祥的預感便越發強烈了起來。

他第一反應是折回亭子，司玉琪已經不在了。在亭子裡來回轉了轉，他思緒萬千，一時沒個著落，只能皺眉深吸一口氣，強迫自己冷靜下來。

也許是他想多了，秦無雙可能只是去方便了，眼下說不定已經回去了。想罷，他又準備折回景福殿，卻在回去的路上撿到一支銀鎏金鑲玉嵌寶蝶趕菊簪。

他的心猛地提到了喉嚨口——這是秦無雙的珠釵，入宮前他可是看得清清楚楚。如今珠釵落地，人卻不見了。

這裡是後苑，秦無雙的簪子落在此地，可見她人一定曾在這裡出現過。牧斐當下六神無主起來，他握住珠釵，焦急地思索了一番，決定先回景福殿看看，若是秦無雙不在，就去找太后幫忙，畢竟在宮裡她老人家的勢力最大。

正要朝景福殿去，甫一抬頭，卻見一人逆光站在他的去路上。牧斐立刻駐足瞅著那人，喝問。「誰在那裡？」

見牧斐發現了他，那人便走近了一些，光影移轉，露出一張俊秀而鋒利的容顏，竟是司昭。

司昭一隻手背在身後，挺拔而立。「牧公子。」

牧斐沒想到會是司昭，忙斂去臉上急色，拱手作揖道：「原來是三殿下。」

司昭開門見山道：「小王瞧牧公子神色匆匆的，可是在找人？」

聞言，牧斐心臟突突一跳。聽司昭的意思，似是知道秦無雙人在哪兒，他忙按下心中焦急，問道：「三殿下可是知道什麼？」

司昭沈吟道：「……倒是知道一些。」

牧斐當即懇求道：「還請三殿下如實相告，牧斐定當感激不盡。」

司昭竟很快坦言道：「小王方才路過此處時，正好見兩、三個宮女將秦娘子迷暈帶走了，瞧她們的方向，像是往知春島那邊去了。」

知春島？那是後苑太液池畔西北角的一個偏僻小荒島，是人工堆鑿的平坦假山，島四周種滿了荷花，一到春天，這裡的荷葉最先展露姿態，因而稱作知春島。究竟是誰將秦無雙迷暈帶到那個地方？他們又要對秦無雙做什麼？牧斐眸色一沈，朝司昭倉促一抱拳。「多謝。」

說完轉身就要走，走了幾步又猛地煞住腳。

司昭為何要告訴他這一切？

牧斐復又轉身，眯眼盯住司昭問：「三殿下為何要幫我？」

司昭從容道：「小王此前欠你一個人情，你可以不記，但小王不能不還。」

原來司昭是故意暗中留意此事，就是為了尋機報答上次他在寶津樓的多管閒事。牧斐這才放下戒心，鄭重地對司昭拱手作揖。「大恩不言謝。」說完，飛也似的奔向知春島去了。

冬夜的風，寒侵入骨。

秦無雙覺得自己好像躺在一個大冰塊上面，全身都凍得麻木了，睜開眼一看，眼前是一望無際的黑夜，一輪冷月在層層疊疊的烏雲中若隱若現。

「小美人，妳終於醒了。」

旁邊突然傳來一陣喋喋的笑聲，嚇得秦無雙猛地一哆嗦，下意識想要坐起來，然而她使勁全身力氣仍舊無法動彈，甚至連轉頭都難以做到。

她心中駭然一驚，怎麼會這樣？

「我勸妳還是不要掙扎了，妳中了軟筋散，是使不出任何力氣的。」說著，一張凶惡的臉出現在她的上方。

「你是誰？你要幹什麼？」秦無雙提著心，強作鎮定地問。

那人身上穿著禁軍護衛的戎甲，蹲在她身旁，目露猥瑣地看著她笑。「我想幹什麼，小美人難道看不出來？」他一邊舔了舔嘴，一邊伸手挑向她的領襟。

秦無雙慌了，目眥欲裂地盯著那人探向胸前的手，慌忙喊道：「別動我，否則我喊人了！」

那人聞言微微一頓，隨即興奮地搓起手，越發來了興致。「妳喊啊，喊得越大聲越好，只要妳想讓全皇宮的賓客都來看一看妳這小美人春光外洩的話。」

秦無雙的心咯噔一跳——她竟然還在宮內。

她強迫自己冷靜下來，見此人穿著禁衛軍軟甲，心道：這人難道是禁軍？禁軍竟敢在宮內如此膽大妄為，他是哪兒來的膽子？

秦無雙便怒瞪那人呵斥道：「大膽！你身為宮中禁衛，竟敢侵犯命婦官眷，你家九族的命都不要了嗎？」

那人聞言笑嘻嘻地說道：「實話告訴妳，老子根本不是什麼宮中禁衛，而是死牢裡的囚犯，有人把老子弄出來，說只要把妳這個小美人吃了，就可以放老子一命。」

秦無雙一聽，一顆心頓時沈入谷底，忍不住冷汗涔涔，渾身發顫。

是誰？到底是誰要這般辱她害她？

「小美人，妳就認栽了吧，誰叫妳得罪了不該得罪的人。」那人一面說，一面用力扯開秦無雙的衣襟。

胸前涼颼颼的寒意讓她再也無法保持冷靜，只能扯著嗓子尖叫起來。「啊——」

「放我的那人說了，就得讓妳叫，妳叫得越大聲，禁軍就來得越快，老子也越喜歡，哈哈……」那人低頭啃咬秦無雙白皙如玉的脖頸，同時喉嚨裡發出如同豬吼的嘖嘖聲。

秦無雙絕望地住了嘴，閉上眼睛。忽地，她用力睜開眼睛，眼裡迸出巨大的恨意，使盡全身僅有的一絲力氣抬起頭，對著那人的耳朵一口咬下去。

血液在夜色裡噴濺。

「啊——」

那人慌忙捂住耳朵直起身，血水咕嚕咕嚕地從他的指縫往外流。

秦無雙歪著頭，「呸」了一口，將一截斷耳吐了出來，滿嘴是血地死盯著那人——既然躲不過，那就同歸於盡。

那人頓時怒火沖天，一巴掌重重甩在她的臉上。「賤人！妳敢咬老子！」話落，又是一巴掌。

重重的巴掌落下來，秦無雙半張臉都麻了，另一巴掌落下來，嘴角緊跟著溢出一股腥甜。

那人猶不解恨，伸手掐住秦無雙的脖子，面容猙獰地用力收緊。巨大的箝制勒得她呼吸不過來，然而秦無雙連抬手反抗的力氣都沒有，只能任由生命消逝。

就在她以為自己必死無疑的時候，恍惚間聽見有人喊了聲。「茵茵！」

隨即，眼角餘光瞥見一片白色的光芒，光芒裡走出一個人，那人身姿俊逸，卻看不清楚臉，只是朝她伸出一隻手，說道：「茵茵，別怕。」

她卯足了力氣，卻只能微微抬手，她想要去觸摸那人，最終還是碰觸不到，她放棄了。

「秦無雙！」又是一聲急喊。

眼前那張模糊的容顏清晰了起來，一瞬間變成了牧斐焦灼憤怒的臉。

「混蛋！」

牧斐衝上來，飛起一腳踹在那人身上，力道之大，竟將那人直接踹出了兩丈遠。

「無雙，妳怎麼樣？」

繃了許久的神經在看見牧斐的一瞬間放鬆下來，巨大的疲憊感襲上心頭，重得秦無雙眼皮都快睜不開了。

牧斐跪在地上，看著狼狽不堪的她，雙手顫抖著將她的衣襟攏緊，鳳目裡含著淚水，死擒著不敢跌落。

他剛要伸手抱她起身，那人已經從地上爬了起來，衝過來一拳挑在牧斐下巴上，牧斐往後重重摔落在地。

第五十章　表明心意

那人狠狠向地上呸了一口血，瞪著牧斐冷笑道：「老子還以為是個什麼厲害角色，原來只是中看不中用，我呸！」

牧斐頓時雙眼發紅，撐著從地上爬了起來，如同一隻被激怒的小獸，齜牙咧嘴地朝那人吼道：「敢欺負爺的女人，爺跟你拚了！」說完，一頭撲上去與那人纏打了起來。

起初靠著滿腔怒火，牧斐的拳頭還占了一些上風，片刻之後，牧斐與那人實力明顯懸殊起來，對方的鐵拳幾乎將牧斐全身上下問候了個遍。

牧斐疾步後退著站穩，「哇」地朝地上吐了一口鮮血，身子單薄的猶如風中落葉，搖搖晃晃、雙腿打顫，硬是撐著沒跪下來。

那人看著他，竟露出一絲欣賞。「沒想到你這個人看起來弱不禁風，底盤倒是挺穩的，吃了老子這麼重的拳頭竟然還能屹立不倒。」

秦無雙躺在地上，看在眼裡急在心裡，再這麼下去牧斐遲早會被那人活活打死。然而她也只能眼睜睜看著牧斐用手背抹了一下嘴角的血，然後瘋也似的又撲上去，再次被揍得鼻青臉腫、口吐鮮血，卻依舊屹立不倒，然後再衝上去⋯⋯

那人已經被糾纏得不耐煩了，見牧斐鍥而不捨地撲上來挨揍，便一把掐住他的脖頸痛摔在地上。他打紅了眼，此刻露出了殺意，抬起鐵拳就要往牧斐的太陽穴砸去。

「牧斐！」秦無雙急得朝牧斐失聲大喊，全身顫抖近乎痙攣。

所幸牧斐在倒地時摸到了一塊石頭，就在那人落拳下來的瞬間，他抓起石頭猛地砸向那人腦殼。那人拳頭堪堪停在牧斐太陽穴咫尺之處，隨即腦袋開花、血流不止地往旁邊倒去。

牧斐翻身跳起來，將那人壓倒在地，揮起石頭瘋狂地朝那人頭上一個勁地猛砸，一邊喊著。「敢欺負她！去死！去死！給爺去死！給爺去死……」

秦無雙看著此刻的牧斐，猶如地獄裡爬出來的嗜血羅剎，凶狠猙獰，全無往日之態。而地上那個人，早已被砸得腦漿迸裂、面目全非了。

她側了側身子，想朝牧斐爬去，一邊喊著。「牧斐，住手……住手……」

喊了半晌，牧斐如瘋如魔，完全不能自控，根本聽不進她的聲音。

對面的太液池畔有火龍蜿蜒而來，顯然這邊的聲響已經驚動了宮內侍衛。秦無雙心下一急，撿了個小石頭往地上重重一砸，歇斯底里地喊道：「夠啦！」

牧斐如夢初醒，低頭一看，自己的雙手滿是鮮血，手裡的石頭還沾著白色的漿液，目光下移，觸目驚心。

他慌忙丟掉石頭，向後跌坐在地，手腳並用連退好幾步，雙眸震驚而後怕地望著那人的屍體，喃喃道：「我殺人了……」

眼見那條火龍離這邊越來越近，秦無雙只好趕忙出聲提醒。「有人來了！」

牧斐抬頭一看，果見一隊人馬急匆匆地往這邊趕來，他立刻起身，快步走到秦無雙旁邊，一手抄向她的身下將她打橫抱了起來。「我、我這就帶妳走。」

知春島就在太液池畔伸向池中央不遠處，地勢高而平，從這裡向四周看幾乎一覽無遺，從四周往這裡看也盡收眼底。他們二人站在此處，就如同兩棵光禿禿的樹立在沙漠上，一清二楚。

若想離開此島，只有前面一條連接島畔的路，然而那條路上正有一大隊人馬朝這邊趕來，若是從此處出去，必定會撞個正著。

正值宮中大宴，有穿著禁軍軟甲的人慘死在島上，而秦無雙衣衫不整，又有傷在身，諸多嫌疑，百口莫辯。

一旦被人撞上，秦無雙的名聲必毀無疑。

「沒路了……」秦無雙看著越來越近的人馬，藉著月光，隱約看出是宮內的禁軍侍衛，心中頓時生出一股絕望。

牧斐咬牙瞪了前方一眼，狠狠道：「沒路爺也要開條路。」說著，他抱著她一轉身，走到知春島邊上，低頭看了眼烏沈沈的水面，又垂眸深深看了懷裡的秦無雙，道：「相信我。」

話落，「咕咚」一聲悶響，他已抱著秦無雙跳進了太液池，往池中央游了一段，然後潛在水底不動了。

秦無雙原是恐水的，一下水就會痙攣抽搐、呼吸急促，甚至陷入昏迷。

也許是因為牧斐緊緊抱著她心生安定，也許是因為她憋著一股倔強想要知道到底是誰在害她。

這一回，她竟在牧斐的懷裡壓下對水的巨大恐懼，屏住呼吸，保持清醒，安靜地觀察著岸上的動靜。

這時，火龍衝到了知春島上，瞬間照亮了一方天地，清一色的赤色輕甲禁軍將知春島團團圍住。

兩名宮女過來檢查了地上的死屍，又四下巡視了一番。這時，司玉琪從後方走了進來，來到死囚的屍體旁，冷冷瞅了一眼，向身旁宮女問道：「人呢？」

秦無雙一眼認出了其中一個宮女正是此前領她去寶慈殿的那位。那宮女垂首惶恐道：「回公主的話，奴婢確實將人迷暈後拖到此處，龐大死在這裡，可見有人救走了她。」

司玉琪走到島邊，望著沈沈黑水，目光透著陰狠，說道：「她中了軟筋散，一定走不遠，把這具屍體抬著，傳我命令，務必搜到秦無雙。若有人問起，就說宮裡出現刺客，正在大肆搜捕。

「今夜，我一定要讓她身敗名裂。」

水裡，秦無雙徹底傻了。她怎麼也沒想到，害她的人竟然會是司玉琪，明明前一刻她還在向牧斐投懷送抱……

心念一轉，秦無雙恍然大悟，原來，她早就想害自己了。

一想到這裡，秦無雙心裡突然生出一股對牧斐的怨恨——若不是因為他，她又怎會遭到司玉琪暗算；他明明屬意司玉琪，為何又表現出對自己有情？

腦中思緒紛亂，秦無雙頓時氣短了幾分，身體也開始不受控地抽搐起來，氣泡咕嚕嚕地往上浮去。

她捏緊雙拳，額上的青筋根根分明，可她寧願憋死，也不會讓自己在這個時候暴露出去。

牧斐原本認真注意著岸上的舉動，忽見一溜細微的氣泡從面前浮過，低頭一瞧，見是從秦無雙的鼻腔中冒出來的，他迅速俯首欲替她渡氣。

秦無雙思及前一刻這張嘴還在對司玉琪說著甜言蜜語，這手臂還抱過司玉琪，頓時感到一陣噁心，便用力推開牧斐。

雖然推不大動，但軟筋散藥效已經開始慢慢消散，四肢能活動了，秦無雙便抬手緊緊捂住口鼻，嫌棄地瞪著他。

牧斐驚愕，不明所以。

秦無雙轉頭看了眼岸上，禁軍正在陸續撤離，司玉琪依舊站在岸邊望著黑沈的湖水皺眉，似有所覺。

她雙手死死捂住口鼻，全身縮成一團，從牧斐的懷裡往下滑，只有往下，動靜才不會那麼大。

牧斐見狀嚇了一大跳。

他察覺秦無雙的氣息已經到了極限，再往下無疑是送死，他不明白她這是怎麼了，但是他很清楚絕對不能縱著她胡來，便撥水游了過去，一把撈起下沈的秦無雙，緊緊鉗住她的臉，俯首對上她的唇，強行渡氣。

秦無雙掙扎著要推開牧斐，動靜過大，攪出了一團水花。

司玉琪立刻警覺地看著湖面道：「湖裡好像有東西。」她這麼一說，還沒撤離的禁軍和宮女便紛紛來到岸邊往湖裡看。

牧斐含著秦無雙檀口中的溫軟警告似地一咬，秦無雙立即不敢亂動了，杏目圓睜地看著牧斐。她的四肢百骸早已冷得失去知覺，唯有唇角的濕軟撩起了一簇火，一路燒進了她的心底。

然後，牧斐抱著秦無雙，一面渡氣，一面悄無聲息地往水下沈去。

他自幼學文不行、學武不能，唯有對馭水頗有心得。這還得感謝他的父親牧守業，要不是因為父親動不動就對他棍棒相加，逼得他無路可逃，經常水遁，也不能練就出這般深潛的本事。

等了半晌，一隻野鴨從殘荷叢中撲騰著翅膀跳了出來，嚇了岸上眾人一大跳。那小宮女撫著胸口道：「原來是隻野鴨子，這大冬日的，湖水冷得刺骨，竟沒凍死這隻野鴨子。」

司玉琪聽了，這才拂袖轉身離開知春島。

見人走遠，牧斐摟著秦無雙的腰肢一起浮向水面。

出水後，二人深吸了一口氣，總算緩了過來，繼而四目相望，一時誰也不說話。

秦無雙一張小臉慘白裡染著幾分潮紅，不知是被水凍的還是因為其他，楚楚可憐中又帶著詭異的嫵媚，尤其那雙大大的水眸，倒映著穹蒼冷月下牧斐的臉，靈動極了。

看著看著，牧斐忍不住再次低下頭去……

啪！秦無雙抬手就是一耳光。

牧斐被打得有些懵，捂著臉頰茫然地望著秦無雙。

秦無雙咬著唇，狠狠地瞪了牧斐一眼，心裡急怒交加。急的是都什麼時候了，他竟然還能對她生出旖旎之心；怒的是都這個時候了，他竟然一面惦記著司玉琪，一面肆無忌憚地勾搭她，無恥！

她一把推開牧斐，轉身朝岸邊游去，全然忘記自己根本不會水又恐水，只想徹底遠離眼前這個討厭的人。

看著秦無雙毅然轉身、掙扎離去的背影，牧斐心裡突然一跳，好似秦無雙這麼一走，他就再也抓不住了，一股從未有過的慌亂油然而生，便顧不了其他，破口喊道——

「我喜歡妳！」

有如橫空飛來一記定身訣，游了半晌還在原地撲騰的秦無雙忽然定在了水裡。

見她無動於衷，牧斐又在背後喊了聲。「秦無雙，我喜歡妳！」

將深藏在心底的話喊出來後，牧斐只覺得多日的壓抑終於釋放了，隨之而來的是滿腔的歡喜與輕快。

半晌，秦無雙緩緩轉身，柳眉倒豎地瞪著牧斐，咬牙切齒道：「牧斐，以前我只覺得你是個不上進的紈袴而已，如今卻發現你就是一個令人噁心的混蛋！」

——怎麼會是這個反應？

牧斐一頭霧水，下意識反問。「我怎麼混蛋了？」

秦無雙朝他低吼。「你既然心裡已經有了九公主，為何還要來招惹我？」

她好不容易撫平的心湖，被他輕而易舉地攪亂了；她好不容易嘗試著想向他走近一步，卻又被他毫不留情地斬斷了。

他既然心繫司玉琪，她隨時可以成全他，為何還要表現出對她有情有義，讓眾人以為他想娶的是她？難道在他眼裡，她就是個呼之即來揮之即去的笑話？

牧斐氣息一滯，狹長的丹鳳眼愣是瞪成牛眼一般，半晌才道：「我何時心裡有過九公主了？」

「你還不承認？你與九公主在亭子裡相擁，我可是親眼看見。」

「我何時與九公主相……」牧斐猛地住了嘴，腦海裡亂成一團的線索終於連起來了。

他快速游到秦無雙面前，抓住她的肩膀不准她再跑，雙眸定定地注視著她，一臉認真地說：「秦無雙，妳聽好了，今晚在亭子裡的一切根本不是妳想像的那個樣子，那是司玉琪設計的圈套，她故意對我投懷送抱，死賴著我不放手，就是為了讓妳誤會我好失去防備。不然妳怎會剛好出現在那裡，看見那一幕？再者，以妳的身手又怎會輕易栽在她手裡？」

秦無雙一聽，心緒漸漸回轉了幾分。她一直糾結著牧斐心裡有司玉琪卻又來招惹她，卻沒有冷靜地想過這背後的真假。

「你……」她剛吐了一個字卻又不知該如何接下去，只能微微垂下閃爍的眼眸。

是她太在乎牧斐了，所以才會當局者迷，連這麼簡單的陷阱都沒有察覺到。

牧斐一臉鄭重道：「我根本不喜歡司玉琪，此前答應進宮為她伴讀也只是為了氣氣妳，誰叫妳總是對我一副愛理不理的模樣。」他抿了抿烏紫的唇，抬手捏住秦無雙的下頷，逼著她的眼睛看向他。

四目相對，他眼裡的認真一清二楚。「秦無雙，我牧斐喜歡的人是妳，從來只有妳。」

聞言，秦無雙的眼眸驀然睜大，微顫的瞳仁震驚地望著牧斐，濕漉漉的眉睫上掛著晶瑩的水珠，晃啊晃的，她卻眨也不眨。

牧斐凝望著她，雙眸似兩簇火焰，猝不及防地從她的眼裡一路燒進她的心底。

她動了動唇瓣想說些什麼，卻發現大腦一片空白，半句話也擠不出來。

正是寒冬臘月時，湖水冰冷沁骨，之前因全神戒備並未感覺到冷，待心弦一鬆，秦無雙的腿筋倏地一抽，就像有水鬼猛地拽了她一把，整個人便迅速沈到水下去了。

牧斐還在等秦無雙回應，誰知人一下子從自己手裡溜走消失不見了。
他愣了愣，旋即反應過來，忙潛進水裡尋人。
等他把秦無雙撈出水面，只見她雙目緊閉、臉色慘白、唇色發黑，半絲氣息也沒有。

第五十一章　話說絕了

牧斐頓時嚇得魂飛魄散，死盯著秦無雙，半晌不敢動一下，似乎全身的知覺都與這冰冷的湖水融為一體了。

良久，他才顫顫巍巍地抬起手指，湊近秦無雙的鼻端，煞白的臉這才終於出現一些血色。

人還活著，只是氣息十分微弱，看來這水裡半刻也不能待了。

他先將秦無雙舉上岸，自己再從水裡爬起來，又將秦無雙抱在懷裡，小心翼翼地將她臉上的水漬擦乾淨。想了想，把自己的外袍脫下來裹緊秦無雙，雖說也是濕的，心裡感覺還是有點用的。

然後，抱起秦無雙快步離開了知春島。

這會兒宮裡到處都是禁軍在搜人，他們這副模樣萬一被撞上了，有理也說不清。

眼下唯有先將秦無雙安全帶出宮方是上策，可是他們二人全身濕透，秦無雙又昏迷不醒，雖說他們的身分擺在那裡，若是平日定無人敢攔，但方才司玉琪放了話，宮門守衛定也接到指令，必會攔住他們。思來想去，只能想辦法先去寶慈殿找太后，太后畢竟是他的姑祖母，一定會庇護秦無雙的。

打定主意，他便在宮內東躲西閃準備前往寶慈殿。誰知，刺客一事驚動了皇上，皇上大怒，命人關閉所有宮門，大肆搜捕刺客。一時大內禁軍殿前司、禁軍步軍司統統出動，嚇得景福殿內的一眾賓客人心惶惶。

牧斐抱著昏迷的秦無雙舉步維艱，一則他方才受了傷又下了水，此刻又冷又累；二則目標實在太明顯了，他們二人身分不一般，無論哪一路禁軍見了，定會帶到皇上面前盤問，到時無論如何，秦無雙都免不了被人懷疑猜忌。

心下正焦灼，突然有人從身後拍了他一下，牧斐立即回身，後退了兩步瞪著那人。

那人穿著一件黑色的連帽斗篷，此刻頭上戴著兜帽，站在陰影裡，看不清楚臉，隱約從身形判斷是個女子。

「誰？」牧斐警覺地問。

那人揭下兜帽，往前走了一步，露出一張花容月貌。

「是妳？」牧斐的嗓音裡明顯鬆了一口氣。

薛靜姝先是四下瞧了瞧，然後擔憂地看著牧斐懷裡的秦無雙，問道：「妹妹怎麼了？」

因知道秦無雙與薛靜姝是好姊妹，牧斐便坦言道：「落了水，昏迷著，妳怎麼……」

「先別問。」薛靜姝打斷他，又悄悄看了看四周，這才對牧斐勾手低聲道：「快跟我走。」說完，戴上兜帽轉身走了。

牧斐不明白薛靜姝為何會突然出現，也不知道她要做什麼，但直覺她不會害他們，眼下也只能先跟著她走。他們從後苑僻靜的角門沿著西面夾道向南走，一路上倒是沒有遇到禁軍與其他人。

走到西華門時，牧斐見門口守衛森嚴，而薛靜姝依然帶著他們一路往前走。

「我們這個樣子，出門一定會被盤問的……」

薛靜姝頭也不回地說：「放心，我都已經打理好了。」

牧斐心下驚奇，不由得對薛靜姝起了疑，但眼下已無退路，只能相信薛靜姝不會辜負她與秦無雙的姊妹情誼了，但萬一事有不利，又該如何應對……

牧斐的內心正在天人交戰，薛靜姝回頭低聲囑咐了一句。「把雙兒的臉遮住，你也低著頭，緊跟在我身後，不要出聲。」

牧斐心下一定，依言用胸膛遮住了秦無雙的臉，低頭緊跟在薛靜姝身後。

不一會兒來到西華門口，薛靜姝也不揭兜帽，只從身上掏出一枚令牌向其中一名守衛展示，那守衛見了點了下頭，便朝其他人揮了揮手，立即有人打開城門放行。

三人疾步出了宮門，西華門外停著一輛棕油布遮著的馬車，幾乎與夜色融為一體。半夏與綠珠正焦急地等在馬車旁，見人出來了，二人急忙上前。

牧斐見了半夏，一顆緊懸的心這才稍稍放了下來。半夏見秦無雙不省人事、渾身狼狽，立刻掩嘴含淚，並未多問什麼，轉身就在前面掀起車帷。

在幾人的幫助下，牧斐將秦無雙抱上了馬車，薛靜姝也跟著上了車，半夏與綠珠在車頭驅馬，迅速駛入夜色中。

薛靜姝上了車後，立即解下身上的斗篷，又從馬車裡取出一套早已準備好的衣裳遞給牧斐。「拿著，我要替雙兒換衣裳。」

牧斐將秦無雙緊緊護在懷裡，瞅了眼那套衣裳，又瞅了眼薛靜姝，眼中帶著幾分提防。

薛靜姝放下衣裳，無奈道：「就知道你會多疑，實話告訴你，是三皇子讓我這麼做的。」

聞言，牧斐眸光一閃。

「他說雙兒有危險，叫我悄悄去知春島通往寶慈殿的小徑上等你，見了你之後不要多問，先將你們接出來。西面夾道之所以沒有禁軍，是因為他把人引走了，西華門的守衛也是他安排好的。」說著，她打量了牧斐一眼。

她不知，牧斐何時同三郎竟有這般交情，值得三郎為他冒這麼大的險。「至於他為何會這樣做，他說你一定知道原因。」

牧斐垂眸沒說話，司昭這個人對他來說，亦敵亦友，深藏不露，叫他一時捉摸不透。不過，此次司昭出手相救，不管出於什麼目的，這個恩情他還是會記在心裡的。

卸下心防後，牧斐這才允許薛靜姝替秦無雙換了衣裳。

牧斐掀起車簾向外面瞧了一眼，見馬車是直奔牧家去的，便喊了一聲。「停。」

半夏與綠珠急忙勒停馬車。

薛靜姝問：「怎麼了？」
牧斐想了下，道：「先不要回牧家。」
「不回牧家回哪兒？」
「去秦家藥行，朱雀門店。」
他們一行人抵達朱雀門秦家藥鋪，夥計一見東家昏迷不醒，嚇了一大跳，急忙領進後院去了。
藥鋪後院早前闢出了一間屋子，佈置成客房供秦無雙歇息，牧斐將秦無雙放在床上後，立即吩咐夥計去請關神醫過來。一炷香後，關神醫急匆匆地來了，先是替秦無雙診了脈，望聞問切一番後表示並無大礙，只是身上中了軟筋散，遇水就會慢慢消散，讓人感到疲累不堪，再加上秦無雙自幼恐水，大抵要昏迷一陣子才會醒。
薛靜姝聽了後終於放下心，因時候不早了，便先告辭離開了。
心稍稍落定後，牧斐吩咐半夏回牧家傳個信，就說他們在秦家，今夜不回去。關神醫見牧斐鼻青臉腫、氣息不穩，斷定他受了內傷，便一起診斷了一番，開了治療內傷的方子，吩咐夥計抓藥煎好給牧斐服用。
一番折騰下來，天已大亮。
牧斐心裡有事未決，便囑咐剛回來的半夏好好照顧秦無雙，說自己先回牧家一趟，晚點來接她們。

出了秦家藥鋪，牧斐卻是單槍匹馬直奔公主府，他怒氣沖沖地翻身下馬，徑直就要往大門裡闖。

門外府兵立即攔住他，問道：「何人闖府？」

「讓開，爺要見司玉琪！」牧斐一把揮開府兵攔過來的手就又要闖。

兩名府兵立即拔出腰間長刀架在牧斐胸前，再次攔住他。「欲見公主，先投名帖。」

牧斐垂眸看了眼抵著自己的刀刃，也不硬闖了，乾脆抱胸而立，朝裡面扯著嗓子大喊。「司玉琪！司玉琪妳給爺出來，爺有話要問妳！」

「大膽，這裡是公主府，容不得你在此放肆，還不快滾！」府兵擰著牧斐的衣領就要把人往外扔。

就在這時，門內走出一個婢女對府兵吩咐道：「讓他進來吧。」

府兵收刀後退，牧斐盯著那婢女語氣不善地問：「司玉琪呢？」

「請跟我來。」說完，婢女便在前面小碎步地領著路。

婢女帶著牧斐來到一處華麗寬敞的庭院前，正屋簷下掛著匾額——水風殿。

牧斐從未來過公主府，並不知水風殿是何處，只見殿門內外站著五、六個姿色上乘的婢女，見他來了之後，紛紛屈膝行禮，從裡面魚貫而出，只留下一個敞開的大門與他面面相覷。

等了半晌，見沒人領進，他便在門外直接喊道：「司玉琪，我有話同妳說。」

裡面傳出咯吱咯吱的輕笑聲，半晌才止住笑道：「裝什麼正人君子呢？都闖到本公主府上來了，不缺這道門檻，進來說吧。」

牧斐想了想，他本就是來興師問罪的，還管什麼禮儀不禮儀，便大步流星地進了殿。

殿內是個敞間，生了好幾個火盆，溫暖如春，珠簾繡幕裡放著一張寬大的架子床，旁有香爐輕煙裊裊，還有箱櫃妝奩。

這裡除了司玉琪，一個下人都沒有，而司玉琪正面對銅鏡手持篦子梳妝，身上寬寬鬆鬆地掛著一襲桃色薄紗裙，大冬天的竟也不嫌冷。

牧斐這才意識到此處是司玉琪的閨房，他正想折身退出去，又尋思人已經來了，有些事情不問清楚必定寢食難安，於是便開門見山道：「昨夜的事是不是妳早就計劃好的？」

司玉琪放下篦子，起身轉向牧斐，紗衣輕薄，露出大片雪頸。她雙手把玩著胸前的一縷長髮，一臉茫然地問：「你在說什麼？本公主聽不懂。」

牧斐咬牙切齒道：「別演戲了，昨夜的事情我都知道了，是妳引我去亭子主動投懷送抱好讓無雙誤會，又趁她不備將她迷暈放在知春島，找了個死囚侮辱她。根本沒有什麼刺客，是妳故意帶著禁軍跑到知春島抓人，就是為了讓無雙身敗名裂！」

司玉琪杏眼微微一瞇，目光在牧斐青紫交加的臉上打量了一番，才道：「打死龐大救走秦無雙的人是你？」

牧斐一拍胸脯豪氣道：「就是我。」

昨夜她本想趁著人多故意將衣衫不整的秦無雙揪出來，誰知搜了一夜，人沒搜到，反倒驚動了父皇，幸虧龐大的臉被牧斐砸得面目全非，間接幫她糊弄了過去，不然順著龐大的身分查下去定然無法善後。

司玉琪臉色沈了下去，她將紗衣收攏，盛氣凌人地挑起蛾眉。「是我做的又怎麼樣？」牧斐抱胸冷笑了起來，慢悠悠地說道：「我知道，妳費盡心思想要我娶妳，不過是想藉助牧家的力量幫妳二哥奪嫡。」

司玉琪神色驟然一變，沒想到牧斐竟將話說得如此直白，畢竟提及奪嫡，任誰都得小心再小心。

牧斐斜睨司玉琪一眼，果見司玉琪神色一變，十七、八歲的小娘子再有心機，到底還是無法做到喜怒不形於色。

「我今日來就是醜話說在前頭，我和秦無雙的婚約是名正言順下過訂的，汴都城裡無人不知，就是皇室也不可能逼我們退婚，所以若妳一定要嫁給微臣作妾，也不是不可以。」

司玉琪氣得直咬牙，這也是她頗為頭疼的原因。

她雖是公主，但也不能搶人未婚夫，更不可能嫁給牧斐作妾，所以才想不擇手段除掉秦無雙，沒想到這心思竟被牧斐發現了。

雖說嫁給牧斐確實是為了籠絡他背後的勢力，但究其根本還是因為她心悅牧斐。當初父皇曾戲言能配上她的人放眼汴都唯有牧家三郎，她也就上心了，雖說牧斐是汴都出了名的紈袴，可她就愛他那七分風流三分傲骨的模樣。

她早已過了及笄的年齡，卻為了等牧斐弱冠一直耗著，她三番兩次在父皇面前透露她心悅牧斐，誰知還沒等到牧斐弱冠，竟等來秦無雙過門沖喜的消息。

她一向高高在上，要什麼有什麼，沒人敢拒絕她，更沒人敢讓她屈尊為妾，牧斐是頭一個。這一切都是秦無雙的錯，要不是秦無雙，牧斐怎會對她視而不見？

牧斐一直留意著司玉琪的神色，見她目露凶光就知道她心思不善，恐又生了傷害秦無雙之心，當即話鋒一轉，語氣放緩了幾分道：「就算沒有秦無雙，妳嫁給我成為正妻又怎麼樣？九公主別忘了，我是個白身，無官無爵，妳跟著我能有什麼前途？」

「本公主說過，只要你娶我，我保你世襲定遠侯爵……」

牧斐打斷道：「那我父親答應了嗎？」

司玉琪氣息一滯，頓時無言以對。

牧斐知道，此前父親回京，皇上定然為此事試探過父親，只是父親沒答應。因為若是父親答應了，絕不會一聲不吭地離開，司玉琪也絕不會費盡心機對他投懷送抱。

皇上用九公主與他的婚事來試探父親，父親並沒有答應，至於父親為何沒答應，他猜與皇上的疑心有關。皇上一直忌憚父親手握兵權，若是父親答應婚事，想必等待牧家的不是爵位世襲，而是斬草除根了。

皇上想藉機試探牧家，逼牧家露出野心後再鏟除牧家，可是齊妃娘娘看不明白，只以為皇上是真心想讓九公主與牧家聯姻好為二皇子鋪路。

螳螂捕蟬，黃雀在後，帝王之心，深不可測。

皇室這渾水他可不想淌，今日到公主府，就是來表明心跡的。

「我雖是定遠侯唯一的嫡子，但並非是他最疼愛的兒子，他最疼愛的兒子早就死了，如今還能入得他眼的是我那庶出的二哥牧重山，公主與其拉攏我這個一無是處的廢人，還不如拉攏我二哥，他好歹是個官身，牧家的未來說不定也繫在他身上……」有些話點到為止，司玉琪看中他，無非是衝著他背後的牧家勢力，如今這勢力他一樣不沾，就不信司玉琪還非他不嫁了。

司玉琪臉色剎那間變得十分難看，目光閃爍著猶疑不定。

牧斐緊接著火上加油道：「若公主一定要嫁給微臣，微臣雖不能拒絕，但可以向公主保證的是——從此與妳相看兩生厭，老死不相往來。」

「你！」司玉琪杏目圓睜，震驚地後退了一步。這話說得太絕，明顯在警告她，即使她嫁給了牧斐，也只能做對有名無實的怨偶夫妻。

牧斐拱手作揖，客客氣氣地說：「該說的話我已經都說清楚了，還望公主好自為之。」

秦無雙醒來的時候日已西斜，見自己身在朱雀門藥鋪有些意外，又聽半夏將昨夜出宮前後之事詳說了一遍，這才弄清楚原委。

她垂眸看著手中的水杯不說話，腦海裡一直盤旋著昏迷前記住的那句話——秦無雙，我喜歡妳。

正在此時，外面突然傳來急匆匆的腳步聲。

第五十二章　風雨欲來

緊接著，牧斐披著一件月白色水貂領大氅，一身寒氣地推開了屋門。

秦無雙放下杯子起身，牧斐則定在門口，他的眉眼似乎還殘留著風塵僕僕的痕跡，卻也擋不住丹鳳眼裡火一般的熱烈，隔著幾步之遙，燒得秦無雙周身一暖。

半夏見了，掩嘴偷笑，走到門口提醒道：「風大，小娘子剛醒來，小心著涼。」

牧斐一聽，這才回過神，大步流星地走到秦無雙面前，關切地問：「可有哪裡不舒服？」

「……我很好，你打哪裡來的？」問完之後，秦無雙越發尷尬了，不由得臉頰微紅。

半夏已經告訴她牧斐回牧家了，晚點再過來，她竟還明知故問，沒話找話說。

牧斐卻是眸光一閃，笑著說：「昨日宮裡鬧了一夜，恐祖母擔心，我便回去了一趟……馬車已在外面等著，我來接妳回家。」說著，瞥見秦無雙脖子上的勒痕，心下一疼，抬起大拇指輕輕摩挲了一下。「還疼嗎？」

「……不疼。」牧斐的指尖溫溫涼涼的，就像是沐浴過陽光的美玉。

他忙解開身上的貂領大氅替她披上，又仔仔細細地繫好，正好將脖子上的勒痕遮住了。柔軟的貂毛貼在她的肌膚上十分暖和，直暖到心底去了。

做完一切，牧斐抬起手，掌心向上，對秦無雙說：「走吧，回家。」

秦無雙低頭看了眼牧斐的手掌，白淨、瘦長，掌心還有幾處被指甲刺裂的傷痕，想是昨日為了救她用力握拳的緣故。她的心一下子變得柔軟起來，微微抿唇勾起嘴角，將右手緩緩放在牧斐的手心裡。

牧斐倏地緊緊抓住，唇角抑制不住地彎了起來，隨即努力抿平，繼而又彎了起來。

上了馬車後，牧斐原是坐在秦無雙的對面，見秦無雙低頭擺弄著衣角，便不動聲色地挪了過去，與她並肩而坐。

秦無雙掃了牧斐一眼，也沒說什麼，繼續整理衣角，心臟卻怦怦直跳。

牧斐見狀，越發大膽了，背脊挺得筆直，然後抬手越過秦無雙的後背，三番兩次嘗試著落下，愣是沒敢那麼做。還是秦無雙無意間直起背，正好貼在牧斐手臂上，二人齊齊一怔，垂著眼眸，誰也沒說話。

靜默似撩撥的手、曖昧的風，悄無聲息地在彼此的心上纏裹了含情脈脈。

片刻，牧斐壯著膽子將秦無雙的肩膀往自己懷裡輕輕一攏，擺成了小鳥依人的姿勢。

秦無雙沒有反抗，安安靜靜地依偎在牧斐的懷裡，嘴角輕輕抿著，眼裡盛滿了柔和的笑意，起伏不定的心潮總算在這個不算結實卻足夠溫暖的懷裡得到了歸依——活了兩世，原來這才是她真正期待的歲月靜好。

牧斐高興得心花怒放，攏著秦無雙的手臂激動到微微打顫。他緩緩收緊手臂的力道，似要將秦無雙融進他的骨血裡。

從此以後，他的人生終於有了真正的動力——他要保護懷裡的女人。

回到牧家，早有一眾下人等在門口，見馬車停下，便一擁而上將二人迎下車，歡歡喜喜地簇擁著往門內走。

就在這個時候，突然聽見大門外一陣鬧哄哄，似有紛沓的馬蹄與戎甲兵器相碰的聲音，緊接著一支身穿禁軍戎甲的隊伍闖了進來，將大門內外包了個嚴嚴實實。

牧斐見狀，忙伸手將秦無雙拉到身後，面色黑沈地盯著從隊伍最後面走出來的殿前司指揮使吳鐸，拱手相問道：「敢問吳指揮使硬闖我定遠侯府有何指教？」

殿前司直屬於皇上，承擔著保護宮禁的責任，牧斐自幼出入皇宮如同出入市井，自是認識殿前司指揮使吳鐸。

吳鐸一身戾氣，朝天一拱手，大聲高喊道：「我奉皇命，捉你歸案。」

此言一出，如一道晴天霹靂，炸得牧家一眾人目瞪口呆、倉惶失色。

秦無雙一把拉住牧斐的手臂，緊張地問：「發生了什麼事？」

牧斐也是一臉茫然。

牧老太君和倪氏聽見動靜趕了出來，正好聽見吳鐸這句話，牧老太君驚地往後一個踉蹌，倪氏則是直接傻在原地。

牧老太君緩過來後，忙疾步上前，客氣詢問。「敢問吳指揮使，我們家三郎所犯何事？竟勞您大駕前來？」

吳鐸雖是殿前司指揮使，但牧家的功勛畢竟擺在那兒，他對老太君態度還是格外恭敬，遂朝老太君拱手作揖道：「回老太君，今日巳時，牧公子到公主府找過九公主，二人還獨處於一室，牧公子離開不久，九公主被發現遭人掐死在閨房床上，且……衣衫凌亂。牧公子有重大殺人嫌疑，卑職特奉皇命，緝拿牧公子前去天牢待審。」

老太君和倪氏還沒來得及消化吳指揮使話裡的內容，牧斐便搶言追問。「你是說，司玉琪……死了？」

不可能，明明他走的時候還好好的。

吳鐸繃著一張黑臉看向牧斐。「牧公子，在卑職面前裝蒜是沒用的，有什麼話等面見了皇上再解釋吧，請！」

老太君總算搞清楚狀況，整個人嚇得渾身癱軟。

倪氏腦筋似乎還沒轉過來，轉頭顫聲問老太君。「老祖宗，吳指揮使說的什麼，兒媳怎麼聽不明白？」說完，突然哭天喊地起來。「不可能，不可能，我兒從小到大連隻雞都沒殺過，又怎麼敢殺人，那人還、還是九公主，吳指揮使，您一定是搞錯了……」

吳鐸壓根兒沒理會倪氏，喝令道：「來人，帶走！」

隨即有幾個禁軍圍了上來，拔出長刀朝牧斐逼近。

這時，秦無雙繞過牧斐，站在他前面直視吳鐸道：「吳指揮使既是奉皇命拿人，可有皇上的手諭？」

吳鐸眸光一閃，道：「皇上聞得此事怒急攻心，並未來得及準備手諭。」

「既無手諭，我們為何要信你？」

「難不成我敢拿九公主之死與你們開玩笑不成？吳某只是奉命拿人，至於細節牧家自可問皇上去。」

說著，朝禁軍做了個速速拿下的手勢。

此情此景像極了前世秦家被抄的情景，秦無雙心裡一時又急又慌，涼意如蛇似的爬上背脊，額角滲出冷汗。

她緊緊護在牧斐身前，像極了一隻護犢子的母雞，想要用自己單薄的力量阻止眼前發生的一切。

一雙手忽地放在秦無雙肩上，秦無雙轉頭擔憂地望著他。

牧斐鎮定地注視著秦無雙，囑咐道：「別擔心，人不是我殺的，他們不會拿我怎麼樣，我先跟他們走一趟，妳千萬不要衝動，自會有人救我。」

秦無雙聽得似懂非懂，只覺得此事太過蹊蹺，不過瞧牧斐胸有成竹的樣子，她慌亂的心總算定了些，再看眼前局勢，自己的確阻止不了什麼，只得收斂一身劍拔弩張之氣，眼睜睜地看著幾個禁軍推開她，押著牧斐出去了。

老太君和倪氏在後面急急追了幾步，被禁軍擋下了。

禁軍離開後，倪氏暈倒了，老太君的頭痛症也發作了，牧家頓時亂成一團。

秦無雙替老太君針灸了一番，老太君頭疼緩解後，立刻詢問她牧斐與司玉琪一事。然而秦無雙從昨夜一直昏迷到今日，坦言自己也不知道到底發生了什麼事。

老太君命人速速傳信給牧守業，隨後更衣欲進宮面見太后，秦無雙陪著一起去。誰知宮門緊閉，不准任何人入宮，久經風雨的老太君立即覺察宮裡有大事發生了。

她們只好轉道去金家，金長晟卻不在，連家裡下人都不知道金長晟在哪，只道自今日早朝後就沒回來，全家正急得不得了。

老太君只好又帶著秦無雙回到牧家，如此一奔波，老太君很快就病倒了。

秦無雙日日侍奉在床前，又命人去天牢打聽牧斐的近況，只是天牢森嚴，無論他們花多少錢都打聽不到半絲消息，就連探監也不行。

整個牧家瀰漫著一股風雨欲來的壓抑感。

膽戰心驚地等了七、八日後，倪氏突然哭著來找秦無雙，求她去找薛靜姝打探牧斐的消息，也不知倪氏是從哪裡得知她與薛靜姝是好姊妹的，求薛靜姝其實就是在求薛丞相。

秦無雙被逼得沒辦法，眼下求助無門，薛丞相的確是一個不錯的門路。

於是秦無雙便去了薛府，見到薛靜姝後，姊妹二人草草敘了敘舊，秦無雙很快道明此番來意。

薛靜姝聽了，卻露出為難的神色。

「怎麼了？」秦無雙問。

薛靜姝抱歉地看了她一眼，咬著嘴唇半晌才道：「雙妹妹，不瞞妳說，祖父早知道妳會來打聽，特意警告我不准多管閒事，這個忙我恐怕是幫不了了。」

秦無雙的肩膀瞬間垮了下去，一股無力感油然而生。

連薛丞相都諱莫如深，可見牧斐這次是真的在劫難逃了。

薛靜姝見秦無雙滿臉失望，忍不住隱晦地提醒道：「雙妹妹，也許事情並沒有妳想像的那麼嚴重……」

「好姊姊，妳是不是知道什麼，求妳告訴我，寬慰一二。」秦無雙的眼眸驟然一亮，忙拉著她的手央求道。

薛靜姝「唉」的長嘆了一聲，道：「司玉琪確實死在公主府，牧公子也確實找過司玉琪，但是透過仵作驗出的傷來看，司玉琪的死因是脖骨扭斷……」她沒說完，只是點到為止。

秦無雙瞬間領會其意——

扭斷……那可是只有武藝高強的人才做得到的。

所以殺司玉琪的人一定是個絕世高手，才能悄無聲息地溜入府兵重重的公主府，又趁牧斐離開後下手殺了她，對方故意偽造成被人凌辱致死的場景，就是為了栽贓牧斐？

這說不通啊，牧斐手無縛雞之力，讓他殺隻雞都殺不死，遑論活蹦亂跳的成人？任何人都看得出來事有蹊蹺，難道皇上看不出來？

「那皇上為什麼要派禁軍帶走牧斐？還不准我們到天牢探視？」

薛靜姝拍了一下她的手背，意味深長地看著她道：「妳該慶幸，帶走牧公子的是禁軍，而不是大理寺和刑部。」

從薛府出來後，秦無雙滿腦子都在想薛靜姝說的那些話。薛靜姝似在向她暗示著什麼，她與真相就隔著一道霧，她極力想看清楚，但真相總是若隱若現。

為什麼帶走牧斐的是禁軍而不是大理寺和刑部？薛靜姝到底想告訴她什麼？

她不由得想起前世，若她沒記錯的話，冬至前後……

心劇烈一跳。

冬至前後，皇上駕崩，新帝即位，難道……皇上不行了？

可前世司玉琪並沒有死，牧斐也沒有因此事受到牽連，這一世，皇上還會如前世一般在此時駕崩嗎？可這跟牧斐有什麼關係？

她越想腦子越亂，聽著車轆軋過石板的聲音，悶鐘似的敲在她的耳膜上，嗡嗡作響，她頭痛地揉著太陽穴，馬車忽然停了下來。

「誰？」半夏在前頭問道。

外頭傳來兩聲悶響。

秦無雙皺眉，抬手掀起車簾一看，眼前寒光掠過，一柄冷刃倏地朝她胸口刺來。

第五十三章　小別重逢

殺氣襲來，秦無雙本能側身，避過刀鋒。長刀刺空，驟然一橫，切向秦無雙的脖子，同時伸進一隻穿著黑衣的長臂。

見勢，她飛快扣住對方手臂上的支溝與清冷淵兩處大穴。

那人手臂一麻，當下長刀墜地。

秦無雙趁隙鑽出馬車，與一黑衣蒙面人打了個照面。

黑衣人大抵沒想到自己會失利，四目相對時愣了一下，秦無雙也愣了下，她隱隱約約覺得這雙眼睛似曾相識。

黑衣人反應過來，張爪就要掐她的脖子，秦無雙俐落一閃，避過黑衣人，跳下馬車。

瞥見半夏和車夫躺在地上，生死不明，秦無雙嚇了一大跳，她趕緊上前去探半夏頸上脈搏——

還好，只是昏迷。

背後傳來利刃破風的殺氣，秦無雙就地一滾，再次避開黑衣人的長刀，她起身問道：

「我與閣下無冤無仇，閣下為何要殺我？」

黑衣人一雙厲目透著陰狠，盯著秦無雙不說話，持長刀再次殺了過來，大有不死不罷休的氣勢。秦無雙見他雖使長刀，卻只用刺、挑、揮幾個招式，雖有幾分生硬但很有力量，像是使慣長槍之人的動作。

心下微微一動。

她下意識摸向衣襟，發現今日出門倉促，竟忘了帶她的銀針。

那人見她有動作，凌厲的刀式再次攻來，她只好連忙閃躲避讓。一個女子功夫再好，赤手空拳地應付一個手持利刃的男子，自是左支右絀、手忙腳亂。

很快，手臂被對方的刀刃劃破了一道，她捂住傷處連連後退，眼看就要跌坐在地，一雙溫暖的手瞬間接住了她。

「小雙！」耳邊響起一道熟悉的聲音。

是蕭大哥。秦無雙聞言，心弦稍稍一鬆。

眼前一道黑影鬼魅似的閃出去，只見烏雷出手如電，只兩招便震掉黑衣人手裡的長刀，然後一掌打在那人胸口，直接將對方震出三、四丈遠，重重跌跪在地，吐了一口鮮血。

烏雷正要上前再打，黑衣人突然將一丸鐵球砸在烏雷面前，烏雷下意識往後退了幾步，鐵球瞬間爆炸，冒出滾滾白煙，擋住了他們的視線。

待白煙消散，哪裡還有黑衣人的影子？

烏雷還要去追，蕭統佑喊道：「別追了，先看地上的人。」

「他們沒事，只是昏迷了。」秦無雙轉過身，從蕭統佑懷裡退出來，看著他問：「蕭大哥，你們怎麼來了？」

蕭統佑低頭看了眼秦無雙血流不止的傷口，皺眉道：「先跟我來。」

客棧裡，秦無雙坐在床沿，撩起衣袖露出一截血肉外翻的手臂。

蕭統佑看了一眼，長眉緊擰。他沈默地替秦無雙上了藥，輕柔地包紮好傷口，這才道：「我聽聞牧家出了事，又見妳多日不來找我，便想去牧家附近打探消息，沒想到半路會遇見有人要殺妳。」

因為心裡一直裝著牧斐的事情，竟把為蕭統佑定期診脈的事情給忘了。秦無雙微露歉意道：「對不起蕭大哥，我最近太忙了，我現在就替你診脈……」說著，就要去拉蕭統佑的手。

蕭統佑卻反按住她，目光凝重，隱有戾氣。「那人為何要殺妳，可是妳得罪了誰？」

秦無雙也在想何人要殺她，想了半晌也沒得出結論，她自問待人處事中和，並沒有得罪什麼人。

不過她隱隱想起一個人，只是不能確定，便搖了搖頭，道：「……並無。」

「妳可是剛從薛府出來？」

秦無雙一驚。「你怎麼知道？」

蕭統佑注視著她，鳳眸裡是她從未見過的幽深。「聽我一句勸，不要再去打探牧斐的任何消息，只要安安分分地待在家裡等。」

秦無雙心神倏地一緊，忙問：「蕭大哥，你是不是也知道些什麼？」

「據我所知，皇上聽聞九公主被殺後氣得吐血，已經不行了……如今垂拱殿緊閉，諸皇子跪在殿外，宮內御醫全數出動，至今還在垂拱殿內沒出來……」蕭統佑道：「眼下牧斐沒有消息就是最好的消息，諸子奪嫡，皇上垂危，沒有人會為難牧斐……退一萬步講，就算皇上駕崩，新帝即位，考慮牧將軍手握邊疆軍權，只憑這一點便不會輕易動他，妳盡可放寬心等牧家的人處理此事。」

經蕭統佑一分析，秦無雙忽然有如醍醐灌頂，豁然明瞭一些事情，懸著的心也稍稍安定了幾分。

只是她滿腦子都是牧斐的事，無暇深究蕭統佑是如何得知這些宮中秘聞的，待她想起來的時候，蕭統佑已經消失不見了。

當夜，回到牧家，牧老太君突然一反往日焦灼，也對她說不用再為牧斐東奔西跑了，只安心在家等待便是。

等？到底在等什麼？

能讓牧老太君頃刻間定下心，恐怕只有牧守業做得到了吧！難道是牧守業那邊來了消息？

回到紫竹院，秦無雙暗中命蕊朱去了一趟小廚房，留意有無人煎藥，蕊朱一進廚房就發現牧重山房裡的丫鬟正在煎藥。

蕊朱趁人不注意，從藥罐裡掏出一把藥渣，秦無雙察看了一番，裡面是治療內傷的藥——果然是他，看來是劉姨娘他們不想讓她救牧斐出來。

眼下也沒心思對付他們，不過烏雷那一掌不輕，牧重山應該受了很重的內傷，夠他夾著尾巴做一陣子人了。

隆冬來臨時，大雪紛飛、萬木凋零，整個汴都披上了一層厚厚的羊絨，白茫茫的一片，直到宮內鐘樓的鐘聲響起，敲響了大喪之音——皇上駕崩了。

剎那間，汴都城內，風雲巨變。

先是太后娘娘親自坐鎮，再由薛丞相和樞密院使金長晟一起，於先皇靈柩前宣讀先皇遺旨——由三皇子司昭繼承皇位。

次日司昭正式登基稱帝，又於當日，薛丞相之孫女薛靜姝以皇后之尊入主後宮。

不過彈指一瞬間，祁宋已然改朝換代。

這日，天氣晴朗，冰雪消融，秦無雙便想著去城外歸元寺替牧斐祈福，祈盼他能早日安然無恙歸來。

虔誠禮完香後，她與半夏正欲回城，剛出大雄寶殿，遠遠瞧見蕭統佑與寺內住持說著話。她正想開口打招呼，瞧著二人談意正濃，便不想打擾他們，轉身準備離開。

忽然聽見蕭統佑朝她喊了一聲。「小雙？」

她回過身，對蕭統佑抿唇一笑。

蕭統佑拜別住持，和烏雷一起走了過來，詫異道：「好巧，妳怎麼來了？」

「我來祈福。」說著，她看了眼轉身離去的住持背影，隨口問道：「你和這裡的住持認識？」

蕭統佑目光微微一動，淺笑道：「無量住持的蘭花都是我種的。」

原來和尚也愛蘭花啊。

秦無雙沒再繼續追問下去，二人並肩一起往山下走。蕭統佑詢問了她的近況，又問她手臂上的傷恢復得如何。

冰雪消融後，山裡的空氣格外涼，逶迤青山、疊翠峰巒間籠罩著濕漉漉的霧氣，下山的石階邊角生出厚厚一層黑青色的苔衣。

秦無雙心不在焉地拾階而下，一不留神，腳底忽地打滑。

「小心！」蕭統佑一把撈回險些飛出去的秦無雙。

秦無雙驚魂未定地站穩，心頭撲通撲通地亂跳，她捂住胸口，轉頭朝蕭統佑道：「……多謝。」

蕭統佑垂眸看了眼自己的雙手，方才一時情急，下意識從後面拉住了秦無雙的雙臂，此刻秦無雙站在下一級階梯上，毛茸茸的髮頂剛好齊他胸口，而他的手落在她的上臂，她單薄的背離他的胸膛就在咫尺間，只要再近一些，他就能抱住她。

有一剎那，他險些控制不住自己……

直到瞧見秦無雙微微蹙眉，他的手指才不著痕跡地緩緩鬆開。

此時，山下不遠處，一匹青驄馬載著一個青衣男子飛奔到山腳，正好將這一幕盡收眼底。

牧斐勒停了馬，瞧見半山腰一襲白衣的蕭統佑從後面摟著秦無雙，滿腔的思念與興奮瞬間被一盆冷水當頭澆滅。

他怒氣沖沖地翻身下馬，如同一個行走的火球衝了過去，衝到一半，猛地煞住了腳。

冷靜，冷靜……牧斐，你好不容易才見到她。

攢緊的拳頭緩緩鬆開，不自然地微微蜷著。他深吸一口氣，強壓下心中怒火，生生將烏雲密布的桃花臉調整成「雲淡風輕」。

「無雙。」

飄蕩的神思瞬間歸位，秦無雙猛地一抬頭，看見身穿青衣、頭戴小冠的牧斐。

初見，以為眼花了，揉了揉眼。

再見，確定無疑。

心有小鹿撲騰亂撞，下一瞬，秦無雙沈寂了數日的眸子迸射出喜悅的光芒，她提著衣裙飛快踩著石階衝下了山。

蕭統佑下意識伸手去拉她，然而她離開得太快，就像一隻急於歸巢的小鳥，只留給他一截帶有暗香的衣袖，又迅速從指尖毫不猶豫地溜走了。

他看著空空如也的手指，又看了一眼秦無雙輕快的背影，心裡暗嘆了一聲——有些東西，費盡心思，終究還是留不住。

牧斐站在山下，看著秦無雙含笑衝下來，心頭被冷水澆滅的廢墟瞬間冒出春潮般的生機，他喜不自禁地拔腿迎了上去。

二人一個山上往下，一個山下往上，迎著彼此，如同七月七日鵲橋相會的牛郎織女，承載著數不盡的相思繾綣。

然而牧斐卻在距離秦無雙五步之遙的地方陡然停住，然後用一種近鄉情怯的眼神靜靜凝望著她。

第五十四章　別退婚約

他剛從天牢出來，回到牧家後聽說秦無雙在歸元寺祈福，便連沐浴都顧不上，僅僅換了身衣裳就趕來了。他不敢靠得太近，怕從天牢帶出來的穢氣熏到了她。

秦無雙瞥見牧斐眼裡的猶豫，以為牧斐生氣了，也跟著腳步一頓，停了下來。

二人隔著四、五步的距離望著彼此。

牧斐瘦了，原本白淨的臉因為長期不見天日泛著一絲蒼白，尖尖的下頜冒出刺蝟一般的鬍渣，往日的俊朗張揚不再，整個人憔悴了一圈，看得秦無雙鼻尖一酸。

「你回來了？」

「嗯，回來了。」牧斐強忍著心中激動道。

見牧斐如此自持，秦無雙以為他又誤會她和蕭統佑了，忙解釋道：「我來歸元寺祈福，偶遇蕭大哥，方才下山時，腳底打滑了……唔……」

冰冷的手指輕輕地按住了她的嘴唇，將她剩下的話語堵在了牙關裡。她眨動著杏眼，不解地望著突然靠上來的牧斐。

牧斐近身俯視著她，丹鳳眼深邃如泓，叫人捉摸不透。只見他喉頭一滾，聲音沙啞道：「夠了。」

夠了？什麼夠了？

秦無雙心中一急，羽睫顫動得厲害。

你倒是放開手聽我解釋啊！

牧斐似明白秦無雙的意思，笑著放下手，轉而摟住她的雙肩，溫柔地說：「只要妳衝向我，就夠了。」

就在秦無雙朝他飛奔而來的那一刻，所有的嫉妒、醋意、怒火中燒全都煙消雲散了，只要是奔向他，過往的種種都不重要了。

秦無雙呼吸一滯，小鹿亂撞的心突然漏了一拍。

牧斐好像變了，變得越發像起前世那個劫法場的牧斐。

他把手給她，目不轉睛地望著她。「我們先回家吧。」

秦無雙垂眸看了他的掌心一眼，他掌紋有些皸裂，想必是在牢裡凍的。

牧斐慌忙收緊手心，有些尷尬道：「我剛從天牢出來，還沒來得及沐浴，有些髒……」

正說著，手被一雙溫暖的柔荑包裹住了。

牧斐心尖微顫，低頭看著秦無雙握住他的手放在胸前，杏眼盈滿笑意道：「我不介意，走吧，回家。」

「嗯。」牧斐的笑容由嘴角咧到耳角，大手一張，反握住秦無雙的手。

轉身離開前，秦無雙看了一眼山腰上的蕭統佑，一身白衣的他靜立在蒼翠掩映的石階上，與山野樹梢未消的殘雪幾乎融為一體。
她本想向他揮手告別，又擔心牧斐見了誤會，只好遠遠地朝蕭統佑點了一下頭。
果然，牧斐充滿占有慾地將她往懷裡一摟，向蕭統佑宣示著主權。
秦無雙：「……」
她覺得很有必要跟牧斐解釋一下，免得蕭統佑總是被誤會。
「其實我跟蕭大哥之間什麼曖昧也沒有，你不要每次見了他就像有奪妻之仇似的。」
聞言，牧斐轉頭看了她一眼，手指在她額頭上無奈地點了點。「妳是有多單純才會覺得一個男人對一個女人好，是沒有任何心思的？」
秦無雙捂住額頭，臉頰微微發燙。
一直以來，她都勝在內心比牧斐成熟兩世，如今被牧斐點了一下，兩世的成熟瞬間毀於一旦，只餘臉紅心跳。
她縮了一下脖子，小聲辯解道：「蕭大哥幫我是因為我也在幫他，我和他之間只是……」她想了想，忽然不知道該怎麼去形容她與蕭統佑之間的關係，不是親人更勝親人，中間卻又夾著互依互存的利益。
「總之，不是你想像的那種關係。」
牧斐忽然瞅著她笑。
秦無雙渾身不自在了。「你笑什麼？」

「……妳以前從來不會跟我解釋這些的。」

秦無雙：「……」

以前不解釋是因為覺得沒必要解釋，現在解釋是因為……太在乎了。

牧斐眉開眼笑地晃了晃二人緊握在一起的手，語調輕快地說：「走，回家。」

回程坐的是秦無雙的馬車，大抵是在天牢的日子太過提心弔膽了，這會兒一放鬆，只覺得全身疲憊極了，牧斐靠在秦無雙的肩上笑著笑著竟睡著了。

秦無雙怕他睡得不安穩，便輕輕將他放倒在自己腿上睡。

睡夢中，牧斐嘴角的弧度彎成了月牙。

回到牧家，頓時一陣接風洗塵去晦氣，老太君抱著牧斐直抹眼淚，倪氏在一旁哭了許久，又囑咐下人燉燕窩、人參好好給牧斐補一補。

一家人心照不宣地不去提司玉琪的死與新帝的事情。

是夜，牧斐沐浴完，換了一套乾淨的中衣，又在脖子和手腕上搽了幾滴杜若花油，總算覺得身上那股霉臭氣味消失不見了。

他滿面春風地進了東屋，蕊朱、半夏見到他來，都笑著掩嘴出去了。

秦無雙正靠在椅子上心不在焉地看著書，見牧斐進來了，忙放下書坐正了些。

「你來了，坐。」

牧斐抵拳乾咳了一聲，然後走到秦無雙旁邊的椅子上坐下。茶几上放著一爐煮著的茶，正咕嚕咕嚕地冒著煙。

提起茶壺倒了兩杯熱茶，秦無雙將其中一杯放到牧斐旁邊的桌上，正要抽手時，牧斐突然拉住了她的手。

秦無雙不明究裡地抬起頭，只見牧斐一雙丹鳳眼流光瀲灩地凝望著她，也不說話。

秦無雙的臉唰地一下燒起來了。她抽了一下手沒抽成，又抽了一下，牧斐反而握得更緊了，然後沙啞地開了口。「我在牢裡對自己說過，如果我能活著出來，就再也不會放開妳的手。

「無雙，我們的婚約……別退了好嗎？」

秦無雙的手指下意識地蜷縮了一下，牧斐緊張地盯著她，眼睛一眨不眨。

良久，秦無雙才微不可見地頷了下首，低聲道：「……好。」

牧斐嘩地一下起身，將秦無雙一同拉起，緊緊擁入懷中，忘情地吻了起來。

明亮的月光灑在紫竹院的桂花樹上，斑駁的樹影灑在窗紙上，與屋內兩個相擁的剪影重疊在一起，忽明忽暗的……

轉眼除夕，汴都到處歌舞昇平，表面上看上去一片祥和。

然而，在一只只喜慶的紗燈下，其實是血色清理的開始。

二皇子被驅逐出京，半路被劫匪所殺；五皇子於家中暴病而亡；六皇子被軟禁在府內，其他皇子皆因不同原因紛紛流放到貧瘠之地……

右丞相馮健被免除官職；諫臺院御史因謀逆罪被捕下獄後，在獄中畏罪自殺；兵部尚書、吏部侍郎、大理寺少卿紛紛落馬，不是抄家就是滅門。

一時間，整個汴都的官員幾乎人人自危，生怕被新帝秋後算帳，個個都夾緊尾巴做人，自此以後屁都不敢放一個。

而此時，邊境的任何軍事調動或個人行為都可能引起猜忌，是以牧守業許久沒往家裡寄家書了。

年後，又是一年春。

國喪期間，汴都城內禁宴樂婚嫁，沒了樂子的汴都城，整個都暮氣沈沈的。

奈何宋人天性愛美、愛熱鬧，看著春光明媚、百花齊放，人們紛紛湧向郊外踏青，首要之地便是秦無雙的牡丹山水園。

待秦無雙從忙碌中回過神來，突然發現很久沒去為蕭統佑診脈了。

畢竟當初她曾答應烏雷一定會治好蕭統佑的血厥之症，加上蕭大哥的確幫她很多，於情於理她都不應置他於不顧。

為怕牧斐誤會，她只好將替蕭統佑看病的事情全部告訴了他，誰知牧斐聽了，竟十分大度地同意她去了，條件是必須帶著他。

再三商量後決定，帶上他可以，但只能在雅嵐居門外等著她，畢竟蕭統佑還沒追究上次他與牧婷婷擅闖雅嵐居的事情呢。

牧斐勉為其難地同意了。

然而，等他們的馬車到達雅嵐居時，卻發現門上上了一把大鎖。

秦無雙以為蕭統佑有事出門了，便準備改日再來。正要回去時，一旁忽然衝出一個小乞丐，仰著一張髒兮兮的小臉問：「請問妳是無雙姊姊嗎？」

秦無雙一聽，轉頭看了牧斐一眼。牧斐蹙眉瞅著那小乞丐，摸著下巴沒說話，似在思忖著什麼。

「你怎麼知道我的名字？」秦無雙蹲了下來，平視小乞丐笑著問道。

小乞丐說：「這座宅子的主人託我等在這裡，說會有一個漂亮的姊姊來找他，還說如果我看見妳來了，就替他轉交一樣東西。」

秦無雙蹙眉問：「是一個穿著白衣的哥哥說的嗎？」

小乞丐點了點頭，然後從身上的布袋裡掏出一把鑰匙遞給她。「這就是他託我轉交給妳的東西。」

秦無雙接過鑰匙起身，又看了牧斐一眼。

牧斐抱胸撇嘴道：「既然是他給的，看看也無妨。」

蕭統佑既然用這種方式轉交一把鑰匙給她，直覺告訴她，蕭統佑已經離開汴都了。為了印證心中所想，她將鑰匙插進鎖頭一轉，「噠」的一聲便打開了。

推開大門，眼前依舊是一派春光燦爛，卻沒有鳥語蝶戲，彷彿失去生氣一般，透著一股華麗的落寞。

秦無雙帶著牧斐輕車熟路地進入中庭，牧斐邊走邊四下張望。這次進來，景色沒變，但已看不到陣法的痕跡了，牧斐心裡不由得想，難道上次真的是吸入了那什麼曼陀羅花粉所致？

帶著疑問，他和秦無雙來到一處寬闊的屋子。

屋裡的東西已經搬空了，孤零零的剩下一些簡單的陳設，上面已經落了一層薄塵。

錦毯上放著一張長矮几，几上香爐已冷，紅木雕竹葉的几面放著一本書和一封信。

信封上寫著幾個鐵畫銀鉤的小字——小雙親啟。

第五十五章　洞房

牧斐瞄了信封一眼，克制住強烈想偷看的衝動，逼自己轉身在屋內東看西看起來。

秦無雙拿起信封，露出書皮上的字——《仲南花經》。

展信一看，只有一行字：

原諒蕭大哥的不告而別，此宅中之花全都贈予妳，權當這一年來的診金。

看完之後，心裡一時說不出是什麼感覺。說失望也不是失望，失落也不是失落，就像一個很好的朋友突然間無聲無息地消失了，讓人猝不及防。

「怎麼了？」見秦無雙站在那裡發呆，牧斐忍不住蹙眉問道。

秦無雙嘆了一口氣，道：「蕭大哥走了，以後也不需要我替他診病了。」她轉身，看向外頭，皺了皺眉，語氣很是無奈道：「只是這滿院子的花該怎麼辦是好呢？」

新帝登基後，大舉開科進取、選拔人才，牧斐以優異的成績升為上舍中等生之後，突然決定放棄文舉改從武舉，全家驚詫。

反對最激烈的自然是老太君，好不容易走到這步，眼見就要步入官場，牧斐卻說放棄就放棄了，一來可惜，二來有違家訓。

然而牧斐卻是鐵了心要從武舉，並瞞著老太君退了太學學籍，悄悄去武學院報了名，定在三個月後選拔合格即可入學。

在祁宋官場，有文舉自然也有武舉，其選拔人才的方式幾乎和應天學院如出一轍，只不過祁宋重文抑武，武舉的條件比文舉寬鬆很多，許多透過武舉出身的人不用上陣殺敵便能從事武職。是以，有些文舉無望的世家子弟為了能混個一官半職，改從武舉下手的不在少數。

牧斐在院子裡的桂花樹下扎著馬步，秦無雙取來巾帕替他擦汗，擦著擦著，牧斐突然收勢起身攬秦無雙入懷，下巴蹭了蹭她柔軟的頭頂。「妳是不是也想問我究竟為何要棄文從武？」

秦無雙用手指在牧斐的胸膛畫著圈。「……你想好了？」

「嗯。」低低的聲音從胸膛傳出，帶著幾分迷人的低醇。他俯首輕輕捧起她的臉，神色是從未有過的嚴肅。「我要變得強大，強大到讓皇上忌憚卻又離不開我。我再也不想在妳遇到危險的時候只能用挨打來保護妳，我要強大到足以護妳一世平安。」

原來他所做的一切也是為了她啊，秦無雙鼻頭一酸，眼裡有水氣瀰漫，千言萬語縈繞舌尖，卻一個字都吐不出來。她只好一頭撲進牧斐懷裡，輕聲道：「我相信你可以做到的，阿斐。」

牧斐驚喜地扶住她的雙肩，看著她問：「妳方才喚我什麼？」

「……阿斐。」秦無雙羞赧垂眸。

「那我以後可以喚妳……茵茵嗎？」牧斐小心翼翼地問。

秦無雙抬眸看了他一眼，然後迅速垂眸，抿唇笑著道：「可以。」

「茵茵。」話落，一記滾燙的吻落在了秦無雙的眉心上。

牧斐不知從哪裡認識了一名隱世高僧，據說功夫十分了得，就是為人孤僻、少言寡語、離群索居，住在鹿山一處不知名的小破廟裡。

在牧斐鍥而不捨地七顧小廟之後，那高僧終於收了牧斐為徒。自此之後，牧斐風雨無阻，日日去那破廟學藝練功。

兩個月後，牧斐學成歸來，整個人如同脫胎換骨、易筋洗髓一般，文弱不在，英氣逼人。

去武院考核時，也順理成章地以弓馬騎射第一的成績正式成為一名武生員。

轉眼到了秦無雙及笄之日，在牧斐的殷殷盼望下，老祖宗早已將二人的大婚之禮準備妥當，只待吉日到。

成親前幾日，秦無雙回到了她在秦家的閨閣裡待嫁。

吉日一到，從牧家到秦家，長龍似的迎親隊，八抬大轎、十里紅妝，浩浩蕩蕩，好不熱鬧。

牧斐在鞭炮齊鳴、鑼鼓喧天中將秦無雙抱上了花轎，一路歡歡喜喜，送進了期待已久的洞房——

至此，大禮終成。

牧斐將謝茂傾、段逸軒那些準備鬧洞房的人一股腦兒全部推了出去，把喧囂隔絕在了門外，片刻後，眾人笑哈哈地離開了。

西屋的喜床上，朱紅繡幕、高燭煌煌，秦無雙穿著鳳冠霞帔，手持團扇怯面，正安靜地端坐在床沿。

雖然他們住在同一個屋簷下已經兩年多了，但是真的要同床而眠，牧斐的心裡還是不由自主地緊張，尤其他對那件事情有幾分害怕，他生怕對秦無雙也是，便忐忑不安地坐下，思考著揭下團扇後該做什麼。

半炷香時間過去了，牧斐還在琢磨，額上已有細汗隱隱滲了出來。

「唉……」秦無雙嘆息一聲，自個兒將團扇放在膝上，轉頭不解地看著牧斐。「你打算就這樣乾坐到什麼時候啊？」

牧斐猛然驚醒，鬆開了拳頭，這才發現手心已是汗涔涔的。他不敢直視秦無雙的眼睛，微微別開臉，嚥了一下口水道：「我、我……只是太緊張了。」
「噗哧！」秦無雙一時不支笑出了聲。
牧斐臉頰有些發燙，看著地板不自在地問：「妳笑什麼？我說的是真的。」
其實秦無雙心裡也很緊張，雖經兩世，卻未嫁過人，對床笫之事自然知之甚少。
不過一聽牧斐說緊張，她反而鬆了一口氣，便打趣道：「我只是沒想到以前整日沈迷風月的你，竟然會對這件事緊張。」
他不是對風月之事緊張，他緊張的是眼前這個人……
牧斐轉頭想要辯解，當目光觸及秦無雙那張精妝雕琢的臉時，呼吸陡然一滯，驚豔在他狹長的丹鳳眼中肆意綻開。
他見過的秦無雙淡如素菊、潔如皓月，時而也能嬌媚動人，可從沒見過這樣的她——明豔得像一團火似的，炙得他口乾舌燥。
他就像那明知會死無葬身之地卻偏要撲火的飛蛾，忘情地湊了上去，無師自通地將他隱藏在心底的恐懼悄悄變成了熱烈的渴望，糾纏著彼此，一直到最後……水到渠成。
秦家藥行與牡丹山水園讓秦無雙賺得荷包滿滿，回秦家待嫁時，她旁敲側擊地詢問過父母，希望他們能分家出來住進她買的宅子，只是被父親拒絕了。幸好這些年秦無雙一直私下給曹嬤嬤銀子補貼三房的生計，便也勉強過得還算光鮮。

秦無雙大概天生是塊做生意的料，如今手裡有了閒錢，便又開始按捺不住想要籌劃下一個產業。她認為在汴都經商想要獨樹一幟，就必須有著別具一格的生意頭腦，她的牡丹山水園之所以能成功也是源於此。

思來想去，她決定下個產業做絲綢生意。汴都有的是綾羅錦緞布疋莊，卻獨獨缺少專門的絲綢莊，原因無他，祁宋本土產不了絲綢，全部來自盛產絲綢的吳越，而吳越是祁宋的屬國，年年向祁宋皇室進貢，其中上等絲綢便占了一半，深受皇親貴族的喜愛，一般仕宦平民很少穿得起。

她想去吳越學習絲綢技術，然後回汴都開一間顧客以平民百姓為主的絲綢字號。

當然這是她一頭熱的想法，成不成熟不好說，只能先親自去吳越考察一番再做定奪。

她將要去吳越考察絲綢技術、開絲綢莊的想法告訴了牧老太君，老太君聽了倒是同意了。畢竟這幾年她將秦家藥行與牡丹山水園經營得有聲有色，而且祁宋重商，只要她不經常拋頭露面，只在幕後運籌帷幄，老太君對她經商一事樂見其成。只是考慮她一個女子遠走吳越須小心謹慎為上，便堅持讓她帶上牧守業留在汴都的四個武功不俗的護衛才肯放行。

牧婷婷聽說此事後，便吵著要跟秦無雙出去見見世面，秦無雙無奈，只好答應了。

牧斐在武院裡一時風頭正盛，司昭時常召他進宮打馬球，最近又帶著他到西山狩獵去了，沒有十天半個月回不來，所以秦無雙這次去吳越並未派人通知牧斐，以為去去就回不會耽擱太久，誰知這一去險些沒能回來。

仲秋時節，天高氣爽，白雲如浪卷。

秦無雙帶著牧婷婷，一路輕裝從簡，奔向吳越。

五日後，車馬到達吳越境內，大概身為學武者的高度警覺性，甫一入境秦無雙就覺得有一雙眼睛暗中盯著他們，待她細細留意卻又無半點蛛絲馬跡。

眼看天色將暗，他們人生地不熟，又未進城，險些錯過宿頭，還好眼前這間如意客棧的門上掛了一個大牌子，寫明下間客棧距此三十餘里，是以他們當即決定在此歇息。

只是他們的車隊剛停下，客棧掌櫃就突然迎了出來，笑容可掬道：「等待各位多時了，三間上房已為你們準備好，裡面請。」

秦無雙聽得莫名其妙。「敢問店家可是認錯了人？」他們的確要開三間上房，可是這個掌櫃的怎麼知道他們準備開幾間房，而且早就在此等候？

第五十六章　吳越少主

掌櫃不答反問。「敢問這位娘子可是從汴都來的？」

「……是。」

「娘子可是姓秦？」

秦無雙大吃一驚。「你怎麼知道我姓秦？」

「我是受人所託，要熱情款待汴都來的秦娘子。」

「受何人所託？」她追問。

掌櫃露出為難的笑，道：「這個恕小的無可奉告，不過秦娘子放心，所託之人說他是妳的朋友，叫妳不必擔心。」

若說就一間客棧如此，那她或許還以為是掌櫃的認錯人了，可是前往吳越都城邵棠的一路上，幾乎所有客棧、酒樓，只要他們一出現，隨之而來的都是周到的服務、上等的待遇。

這就奇了──如果只有一間兩間，那叫財力；但能讓整個吳越的酒樓、客棧惟命是從，那可不單單是財力可解決的了。

到底是誰？

之後，他們一行人來到一間名為「玉春堂」的客棧。剛一進客棧，玉春堂的掌櫃就笑容滿面地迎了上來，說的問的都和之前的情況一模一樣。

玉堂春掌櫃恭恭敬敬地帶著他們上了三樓，先是讓小兒將隨行的四個護衛分別帶去兩間上房，自己則親自帶領秦無雙與牧婷婷去了天字一號房。

自從進入吳越受到這樣的待遇之後，秦無雙和牧婷婷都習以為常了。秦無雙知道，既然問不出個所以然，那這個幫她的人遲早會現身，她耐心等待便是。

果然，被她等到了。

房門甫一打開，掌櫃的立即垂頭恭敬地退到門外請秦無雙進去。秦無雙瞥了掌櫃的一眼，總覺得他的臉上除了恭敬之色，還有幾分對權貴的畏懼。

她帶著疑惑邁進門，房內燈火通明，鋪陳華麗至極，根本不像一間客棧。

牧婷婷顯然也被眼前的景象震懾住了，這大概是他們一路以來最好的客棧，比她的閨房還華麗。

秦無雙向裡面走了幾步，忽然察覺屋內有生人氣息，轉頭一瞧，西面的珠簾繡幕下一坐一站著兩個人。

坐著的身上穿著一件藍色雲紋錦袍，頭戴銀鳳嵌寶石束冠，坐姿如松、精瘦挺拔，八字沖天眉、高鼻俊目、薄唇長臉、天生冷峻，唯有眼尾留情，那一絲情意在看見秦無雙時，瞬間如墨染清池，生出似水柔情。

他身後站著一個勁裝打扮的男子，眉目冷冽，腰懸佩劍，正警覺地盯著秦無雙。

「白……二哥？」

錢白放下茶杯，笑著起身朝秦無雙走過來。「好久不見，無雙。」

眼看錢白走了過來，牧婷婷突然從秦無雙身後閃到二人中間，繃著小臉，很不客氣地問錢白。「你又是誰？」

秦無雙好不容易從震驚中回過神來，趕緊伸手拉回牧婷婷，嗔怪地瞅了她一眼。「婷婷，別鬧，他是我的朋友。」

牧婷婷撇著嘴，低頭小聲嘟囔著。「嫂嫂怎麼會有這麼多男性朋友，還一個比一個英俊。」幸虧她跟著嫂嫂來了，不然這些狂蜂浪蝶能不把她嫂嫂盯走嗎？

秦無雙不以為意，笑著問錢白。「白二哥，你怎麼會在這裡？」

「我在這裡等妳很久了。」

臉上的笑容微微一僵，秦無雙再次打量錢白。此刻的錢白眉眼未變，但是周身氣息已非同往日，矜貴而內斂，散發著一股打磨沈澱後的威儀。

她瞬間明白了什麼。「是你，這一路上幫我的人是你？」

「是，自從妳進入吳越後，我便命人沿途照顧妳。」

難怪她甫一進入吳越就覺得有人暗中盯著她，原來是錢白的人，至於錢白為何會知道她離開汴都，想必汴都那邊也有他的人吧。

而錢白的身分，她已經隱隱猜出十之八九了。

「白二哥可是吳越的世子？」錢姓在吳越可是國姓。

錢白道：「妳猜得對，我是吳越世子，不過正確來說，是吳越的少主。」

身旁有人倒抽了一口冷氣，秦無雙淡淡瞥了捂住嘴巴的牧婷婷一眼，垂眸思忖道，原來白二哥是吳越少主，也就是說兩年前白二哥出現在汴都，根本不是為了刺殺吳越主，而是要救吳越主，只可惜能力有限，在汴都策劃蟄伏了幾個月依舊沒有成功。

她不由得想起前世，其實她之所以要在這個時候前來吳越，是因為她知道幾個月後祁宋和吳越將會有一場大戰，吳越都城邵棠更會面臨屠城之災。新帝登基後，野心勃勃，似是為了證明自己的實力，他將戰爭之劍第一個指向一向乖乖臣服的吳越，要做祁宋史上完成一統大業的君王，就必須徹底收服吳越。

她不知道當年到底發生了什麼事，只知道祁宋三十萬大軍進攻吳越，一路勢如破竹，直逼吳越都城邵棠，吳越少主頑強抵抗，祁宋大軍便將邵棠圍起來，切斷周邊所有援軍，逼吳越少主投降。吳越少主親自登上城牆宣戰，邵棠城內軍民齊心、誓死不降。

最後祁宋用了整整四個月才將邵棠攻下，祁宋為了洩軍憤，下令屠城三日，偏居一隅的繁華邵棠，短短三日，屍骨如山、血流成河，所以她想在邵棠覆滅之前，搶救吳越的絲綢技術，算是為其延續吧。

如今得知錢白是吳越的少主，秦無雙心裡一時五味雜陳的。

她不知道前世錢白的結局如何，但是錢白帶領軍民誓死抵抗，破城後第一個遭殃的一定是他，那下場已經不言而喻了……想到這裡，她的心不由得揪起了幾分。

她實在不想錢白重蹈前世覆轍，但這是吳越內政，她一個外人自然不好多加干涉，只得先將心中隱憂暫且壓了下來。

二人許久未見，不免敘了一番契闊，錢白這才進入正題。「對了，妳這次前來吳越所為何事？」

秦無雙將她想開絲綢莊的想法如實相告，錢白聽了，欣然贊同，並表示可以親自帶他們去看養蠶戶和織戶。但秦無雙不好意思再接受錢白的幫助，於是拒絕了，錢白卻道他早有心將吳越的絲綢之路打開，只是近年被朝貢所累，一直無暇進行，既然秦無雙願意將絲綢技術引進到汴都，那是再好不過了。

秦無雙聽了，這才接受錢白的提議。

接下來的日子裡，錢白先是帶著秦無雙進入養蠶人家了解養蠶技術，接著又去織戶學習紡織技術。只是養蠶好學，紡織卻難學，秦無雙學了好幾日都不得要領，開始懷疑自己的想法是不是不太現實。

錢白看出秦無雙所慮，說道：「這裡的織戶都是世代傳承的，其手法非幾日能速成，妳的確學不來，不過妳是個商人，凡事也無須自己動手，只要聘請這些織戶替妳工作即可。我已經替妳想好了，妳既然想在汴都開絲綢莊，不如我們二人合作，我出人出力，妳出鋪子、管理，所得利錢妳八我二如何？」

這倒是個好法子，不過錢白只要兩成利錢，擺明了是想把好處讓給她。她道：「的確是個好法子，不過分成不對，怎麼也得五五分，不然免談。」

錢白無奈地抬手點了點她，道：「妳真是……就依妳。」

二人說定，蠶戶、織戶由錢白雇傭，秦無雙只消回去準備鋪子、夥計、宣傳等事即可。

此件大事落定，秦無雙便準備返回汴都。臨走前，錢白在貴賓樓設宴為秦無雙踐行。蒼穹上一輪明月高掛，星斗滿天，與人間煙火交相輝映，譜寫了一片繁華太平之景。貴賓樓上，錢白與秦無雙二人相對而坐，清風徐徐、紗帳輕動，送了一室的桂花香進來，好一幅美人公子對飲圖，要不是二人中間坐了一個滿臉提防瞪著錢白的牧婷婷，氣氛就當真融洽了。

侍女提起執壺欲替二人斟酒，錢白接過執壺示意她退下，侍女便領命垂首退出去了。錢白親自執壺，先替秦無雙倒了一杯。「這是吳越名酒，叫做胭脂醉，來吳越這麼久，還沒有正式請妳品嚐。」

秦無雙端起酒杯嗅了一下，面露讚賞道：「酒香清冽，一定是好酒。」

錢白笑著撤回手，撤到一半發現兩道刀子似的目光射向自己，轉頭一看，牧婷婷正用憤怒的眼神盯著他手裡的執壺，又瞅了一眼自己的空酒杯。

「……牧小娘子要不也來一杯？」

話音剛落，秦無雙連忙阻止道：「婷婷還是小孩子，不能喝酒。」

牧婷婷立即不依了。「嫂嫂，我可只比妳小一歲半。」

秦無雙瞥了她一眼，溫柔地警告道：「未及笄就是小孩子，不許喝酒。」

牧婷婷那張小嘴立刻嘟得老高，眉心間的川字紋極力表達著她的不滿。

錢白笑著道：「這胭脂醉號稱最溫和的清酒，喝一杯也無妨。」

牧婷婷一聽，忙端起自己的酒杯遞到錢白的執壺嘴下，秦無雙無奈地搖了搖頭，只好由著她去了。

牧婷婷從小到大八成沒怎麼喝過酒，十分貪嘴，錢白剛將她的酒杯倒滿，她就迫不及待地啜了一口，舌尖一回味，好傢伙，淡得跟水似的，她砸吧了兩下嘴，似乎覺得不過癮，竟然仰頭一口將酒杯裡的酒全喝了下去，嚇得秦無雙伸手想去阻止，杯子已經見底了。

「哈——」牧婷婷重重放下酒杯，不滿地皺著眉頭道：「就這酒竟然還號稱你們吳越最好的酒，的確是夠溫和的，淡的……」一句話還沒說完，眼珠子向上一翻，隨後「砰」地一聲，額頭撞在桌面上，閉著眼睛不動了。

秦無雙：「……」

錢白：「……」

第五十七章 獵物

秦無雙趕緊去察看牧婷婷。

脈搏正常、臉色紅潤、呼吸平穩，竟是——醉了。

錢白顯然沒料到牧婷婷酒量這麼差，一臉尷尬道：「胭脂醉只能小口品嚐，切不可喝得太猛，否則後勁十足，很容易上頭……」

「醉了也好，省得胡鬧。」她對身後的護衛吩咐道：「你們二人先將小娘子送回客棧。」她出門前只帶了兩個護衛，留下兩個護衛在客棧裡。

護衛抱拳應了聲「是」，便帶著牧婷婷先行離開了。

牧婷婷和護衛們一走，屋子裡頓時清靜了不少，只是錢白反倒拘謹了起來。他端起酒杯小抿了一口，不知是酒氣上臉還是其他的，白皙的耳廓竟然變得通紅。

「白二哥，你是不是在厲兵秣馬？」她是特意支走護衛和牧婷婷的，有些話她想單獨問錢白。

錢白的臉色瞬間變了，他猛地抬頭盯著她，半晌才開口。「妳是怎麼知道的？」

「我猜的。」她迅速答道。

錢白：「……」

他看起來半信半疑，其實秦無雙真的是瞎猜的，憑著前世發生的那些事情，可以推斷錢白既能誓死抵抗祁宋大軍，不可能沒有預想過新帝登基將會對吳越做出什麼舉動。從吳越主被扣在汴都開始，想必吳越已在暗中厲兵秣馬，為的就是拚一個你死我活，不然也不會有後續的滅城之災。

「你別多想，你吳越的內政我一個外人干涉不了，只是身為朋友，我有些話想問你。」

「……什麼話，妳問吧。」

「祁宋與吳越，誰強？」

這還用問嗎？自然是祁宋強，強不止百倍，所以吳越才會選擇臣服於祁宋。

他艱難地開口答道：「自然是祁宋。」

「如果……祁宋大軍壓境，你會選擇納土稱降？還是……誓死不降？」

錢白臉上的血色瞬間褪得一乾二淨，眼裡滲出幾分原本被他死死克制住的戾氣，放在桌面的手指緩緩收緊，露出泛白的指節。「當然是……誓死不降！」

果然，這個回答也是意料之中的。

她是祁宋人，還是定遠侯的兒媳，錢白是吳越少主，但是他卻願意對她坦言以對，一旦牧家的人知道他的態度，吳越會面臨什麼？她知道錢白心裡比誰都清楚，但是他選擇相信她。

秦無雙深吸了一口氣。「那你可問過，吳越的百姓是否真的想同你一起誓死不降？」

錢白驀地睜大眼睛，望著秦無雙不說話了。他不明白秦無雙說這些到底是什麼意思，但是他很清楚，秦無雙的話碰觸到了他心底最害怕的問題。

吳越的百姓……真的願意和他一起誓死不降嗎？他也不清楚。

「這天下分久必合、合久必分，不管誰做天子，於百姓而言又有何分別，只要不是苛捐暴政，他們絕不會在乎誰是正統、誰是天子，他們只在乎自己能不能活下去……」秦無雙話鋒一轉，接著道：「身為朋友，同樣，我也在乎你能不能好好活下去。」

錢白黯淡的眼神一瞬間點亮了起來，他直直地望著秦無雙，問道：「真的？」

「嗯。」秦無雙重重點頭。

她改變不了歷史的齒輪，只想盡力阻止那些慘烈的事情發生。

錢白的人親自將秦無雙送回了客棧。

客棧大堂的夥計和掌櫃的都趴在桌子上打盹兒，秦無雙看了，心下納悶，這個時候大夥兒怎麼都歇息了？

為了不打擾他們休息，秦無雙放輕腳步往樓上走，今夜的客棧寂靜得出奇，一路上連個人影都沒瞧見，平日的喧鬧、嬉笑、談話聲都沒了，無端生出幾分詭異的靜謐。

秦無雙心下正納悶，鼻端隱隱約約嗅到一絲血腥氣，她的心裡突突一跳，立刻加快腳步衝上三樓，旋即停住了。

三樓走廊上，有個人趴在血泊裡一動不動。

她急忙衝上去翻開那人一看，是她帶來的其中一名護衛——陳中，陳中的脖子上有一道深可見骨的刀口，顯然是被人一刀割喉而死。

不好！婷婷！

天字一號房面闊五間，裡面有兩張床，為了方便照顧婷婷，她一向和婷婷睡在同一間房裡。此時天字一號房門戶大開，屋內桌椅翻倒，滿地狼藉，血腥衝鼻。

秦無雙一口氣提到了喉嚨口，身體緊繃到了極致，手裡拿著從地上撿起的護衛佩劍，一步一步朝屋內走去。

只見另外三名護衛也橫七豎八地倒在血泊裡，渾身上下皆是刀口。

「吳大哥，朱大哥，李大哥……」她心中駭然，扔下佩劍衝上去一個個察看，竟然全都死了。

屋裡沒有牧婷婷的影子，只有牆柱上用匕首釘著一封摺疊的信箋，匕首刀刃上沾著的血流向了刀尖，染透了米黃色的信箋。

她顫抖著拔下匕首，攤開信箋一看，上面寫著——

欲救此女，南山下無量塔見。

子夜，烏雲遮月，暗淡無光，一匹疾馳的紅棗馬如流星利箭般劃破濃濃夜色，山風在耳側咆哮，秦無雙手中緊握著一把佩劍，獨自一人趕到了南山下。

吳越地勢平坦，縱使有山也不過是微微隆起的山丘而已。無量塔是一座八角九層的尖頂孤塔，據說是特地為了重陽登高所建的眺望塔，站在塔上可以將整個邵棠一覽無遺。

此刻，無量塔上掛著無數只風燈，照得塔身一清二楚，矗立在四周漆黑的夜幕裡，透著一股詭異的光芒。

無量塔四周皆是灰濛濛的的低矮房舍，似一群屈膝的僕人卑微地匍匐在高塔腳下，大門洞開，空無一人，唯有夜風在低鳴。

秦無雙將劍輕輕地抽了出來，扔下劍鞘，全神戒備地往裡面走。

無量塔東南西北四個方向皆有大門，但只有南門開著，隨著她的深入，塔內的景象慢慢變得清晰起來，塔內正北的紅木大柱上，牧婷婷被五花大綁在上面，低垂著頭，生死不明。

「婷婷！」秦無雙提氣衝了過去。

就在此時，有人從柱子後面悠閒地踱了出來，陰沈沈地勾起唇角看向秦無雙。

秦無雙猛地煞住腳，死盯著那人打量了起來。

那人穿著一身金線繡龍紋的玄衣長袍，頭上帶著金冠，眉如飛刀，眼神犀利，面色冷酷涼薄，渾身透著一股高高在上的傲然。

啪啪！

那人拍了兩下手，俊冷的臉上掛著假意的讚嘆道：「佩服，佩服，不愧是北方那位看中的人，竟然真敢隻身前來，有膽量。」

北方那位？

秦無雙穩了穩心神，盯著他問：「你是誰？」

那人十分爽快道：「錢玄。」

秦無雙心神一震，訝然失色。

錢玄，吳越主長子，錢白的哥哥，不過並非嫡出，所以吳越的少主才會是錢白。

夜風從背後的門內鑽了進來，吹得她背脊一陣發寒。

「我自問與你無冤無仇，你為何要殺我的人，還帶走我妹妹？」

錢玄陰笑道：「當然是為了引妳上鉤啊，妳這麼聰明難道想不明白？」

手心冷汗涔涔的，險些握不住劍柄，她緊了緊手中的劍，故意忽視錢玄語氣裡的陰狠，強作鎮定道：「既然我來了，那就放了我妹妹，讓她離開。」

就在這時，牧婷婷醒了，迷迷糊糊地抬起頭來，一眼看見不遠處的秦無雙，起初還有些茫然，突然間反應過來，神色大變喊道：「嫂嫂，救命！」一掙扎，這才發覺自己被捆在一根粗柱子上，而她身邊正站著那個帶著一眾高手血洗客棧擄走她的大魔頭。

錢玄轉頭看向牧婷婷，咧嘴一笑，牧婷婷立即打了個冷顫閉上嘴，瞳孔隨著錢玄的逼近慢慢放大。

「我有說過要放走妳妹妹嗎？」他冰冷的手伸向牧婷婷的脖頸，牧婷婷「啊」地尖叫了起來。

咻——

錢玄下意識偏頭避讓，三枚銀針閃電似地擦過他的臉，釘在身後的牆壁上。

「哼，雕蟲小……」話還沒說完，秦無雙攜著殺氣的刀鋒緊追而至刺向他，他大抵沒想到秦無雙真的會功夫，而且功夫還不差，他原以為秦無雙手中的劍只是用來嚇唬人的。

錢玄因為輕敵，身上並沒有配帶武器，秦無雙的劍刺來時，他只能急急往後避讓，然後突然感到一陣細微的刺痛，低頭一看，三根明晃晃的銀針不知何時插在了他的胸口上。

見錢玄分神，秦無雙趁隙砍斷了綁住牧婷婷的繩子，牧婷婷掙開束縛後，連忙躲到秦無雙身後，瑟瑟發抖。

錢玄的眼神徹底冷了下來，他惡狠狠地拔掉銀針扔在地上，隨手一揮，只聞上方立刻傳來紛沓沈重的腳步聲與弓弦拉動的聲音，塔上瞬間出現十幾個黑甲弓箭手，正拉滿弓對準秦無雙和牧婷婷。

「上次敢傷我的那個人，已經化成白骨了。」錢玄冷冷道。

牧婷婷嚇得躲在秦無雙的背後，不敢直視錢玄。秦無雙按住牧婷婷的手背，瞇眼瞅著錢玄不說話，她篤定錢玄暫時不會殺她。

若錢玄真想殺她有的是機會，大可不必大費周章引她過來，這座塔中充斥著濃濃的兵戈之氣，除了那些弓箭手，肯定還有其他埋伏。

錢玄到底要幹什麼？

「放下劍。」

秦無雙橫劍怒瞪錢玄不動，一顆心早已提到了喉嚨口。

「我再說一次，放下劍，不然我讓妳身後的女人馬上變成篩子。」

牧婷婷一聽，嚇得呼吸一滯，險些哭了出來，可她選擇緊緊咬住嘴唇，硬是沒哭出來。

噹！

秦無雙將劍扔了出去，牧婷婷猛地一抬頭，震驚地望著秦無雙。

嫂嫂竟為了她，連可以保命的劍都扔了……

「妳，過來。」錢玄朝秦無雙勾了勾手。

秦無雙卻說：「你既知我的身分，自然也知道我身後這位的身分，她是定遠侯的嫡女，如果她有個三長兩短，定遠侯是不會放過你的。」

錢玄的眼睛危險地眯了起來，戾氣沈沈地又說了一遍。「過來！」

目前看來別無他法，搞不好刺激到錢玄，牧婷婷和她就直接交代在這裡了，秦無雙只好硬著頭皮走了過去。

剛一近身，錢玄便以迅雷不及掩耳之速將她的手臂往下一拽，只聽「嚓」一聲，直接將她的手臂卸離肩膀了。

撕心裂肺的尖叫從喉頭逸出，在出口的一瞬間又被狠狠死咬住，只發出一聲悶哼，秦無雙捂著脫臼的手臂大汗淋漓地往後退了幾步。

錢玄愉快地拍了一下手。「妳傷了我，我只卸妳一條胳膊，算是便宜妳了。」

「住手！」正說著，一聲大喝傳來。

緊接著，大批一手持鋼刀、一手執盾牌的銀甲士兵潮水似的從外面湧了進來，瞬間將他們圍了起來。

錢白焦急的身影從銀甲士兵中匆忙走了過來，卻又在五步之遙處停下，保持了一個微妙的距離。

「無雙，妳怎麼樣？」他的語氣心疼中帶著歉意。

秦無雙臉色蒼白，肩膀脫臼處疼得牙齒直打顫，卻咬牙搖了搖頭。「我沒事。」

錢玄冷笑著開口。「我的好弟弟，你終於來了。」

錢白冷著臉轉身，瞪著錢玄道：「大哥，她們是我的客人，你為什麼要這麼做？」

「當然是要將這個女人送給北方的貴客，換取兩國的合作……」

「我絕不允許你這麼做，那人是狼，引狼入室懂不懂，而且……」他看了秦無雙一眼，咬牙道：「我絕不會讓你傷害我的朋友。」

「嘖嘖，你果然對這個女人有意思，只可惜她是北方貴客的獵物，恕哥哥不能如你的意。」

「意」字剛落，忽然一陣陣響動，無量塔上八層迴廊轉眼出現密密麻麻的黑甲弓箭手，所指目標只有一個——錢白。

銀甲士兵立刻舉盾，迅速在錢白頭頂上方搭建了一張盾傘。

秦無雙心中遽然一驚，她終於明白錢玄為何大費周章引她過來了，原來他真正的目標是錢白，既得了她又滅了錢白，好個一石二鳥之計。

沒想到吳越內部的權力爭奪已經到了這個地步。

「大哥，你非得與我爭個你死我活方罷休？」

「不錯！只有你死，我才能成為真正的吳越主。」

錢白緊皺眉頭，抿唇看了錢玄一眼，似下定決心一般。「只要你放了無雙她們，我願意將少主之位拱手相讓，這條命任你處置。」

還未來得及回話，錢玄胸口驀然一麻，他下意識抬手捂住胸口，卻發現雙手不知何時失去了知覺，頓時心中警鈴大作，他想要往後退，卻見眼前碧影一閃，秦無雙快速從地上撿起了劍抵在他的脖子上。

他匪夷所思地瞪著眼前滿頭大汗的女子，她眼裡透著殺意，抵在他脖子上的冷刃彷彿下一刻就會劃破他的喉嚨，而他竟然毫無反擊之力。

怎麼會這樣？難道是那幾根銀針？

黑甲士兵們的箭頭頓時齊齊轉向秦無雙。

「銀針上淬了毒，我勸你最好不要運氣，否則毒氣攻心誰也救不了你。」

錢玄一聽，面容扭曲地罵道：「賤人！竟敢暗算我？」

秦無雙忍著劇痛咬牙切齒道：「比起大公子的卑鄙，我這點伎倆算什麼？」說著，她轉頭朝牧婷婷喊道：「愣著做什麼，趕緊跟在我身後。

「我奉勸樓上的各位，你們主子身上的毒只有我能解，想讓他死的話，大可以射一箭試試。」

秦無雙這麼一說，黑甲士兵頓時不敢輕舉妄動了。

錢白立即吩咐士兵讓出道路，秦無雙用劍押著錢玄往外面走。

兩方士兵也不爭鋒相對了，保持著彼此提防的陣勢跟著秦無雙他們往外面走。

第五十八章　情趣

一行人來到山腳下，竟有一輛馬車等在那兒。

應該是錢白提前為她準備好的吧。她看著一臉平靜的錢白問：「白二哥，北方的貴客是誰？」

錢白咬著牙，似難以啟齒般，半晌才道：「事關家國，恕我不能言明。」

錢白連厲兵秣馬的事情都能向她坦白，但是卻不敢告知北方貴客的身分，可見一定是有難言之隱，她不便深問，掃了一眼額角青筋暴突的錢玄，心裡有些發忧。

那銀針上根本不是毒藥，而是麻藥，普通人中了這種麻藥會立即暈倒，一、兩個時辰內醒不來，可塗在銀針上效力會減弱，只能讓中藥者全身發麻、失去部分知覺，維持不了多久。

「白二哥，你想讓他死，還是讓他活？」她的意思很明顯，錢玄顯然一心想除掉錢白，是個大威脅，如果錢白希望錢玄死，她可以立刻抹了錢玄的脖子以絕後患。

錢白聞言，垂眸思忖了一番，再抬眼時，眸中顯露慈悲之情。

秦無雙會意——錢白不想讓錢玄死。

握劍的力道微微一鬆，就在這瞬間，錢玄陡然出手，抓住劍刃用力一拽，劍柄從秦無雙手中滑出，飛向半空中，她瞥見劍刃上血珠飛濺，下一瞬，她的脖子一緊，錢玄死死扼住了她的喉嚨，然後將她舉了起來。

她聽見有人急喊——

「嫂嫂！」

「無雙！」

錢玄這次似乎是抱著扭斷她脖子的決心，下手不留一絲餘地，眼看秦無雙就要無法呼吸了，突然身側竄出一道凌厲的殺氣，錢玄也感覺到了，下意識望去，只見一桿紅纓槍破風而來，已經近在面門，避之不及了……

「！」

紅纓槍穿腦而出，直接將人帶飛了出去。

秦無雙從半空中落了下來，向後倒去，落在一個溫暖的懷抱裡。

「茵茵！」

一張英氣逼人的臉出現在她的眼前。

明月從烏雲中探出了半張臉，清輝灑了下來，落在那人的眉眼上，柔和的像是戴了一層銀紗。

「阿斐……」她輕輕喚了他的名字，嗓聲瘖啞。

牧斐心疼地摩挲著她的臉，顫聲道：「對不起，我來晚了。」

秦無雙無力地扯了扯唇，想扯出一絲笑意，然而笑意甫一浮現，就陷入了昏迷。

從巨大恐懼中回過神的牧婷婷見到牧斐後，跌坐在地上「哇」地放聲大哭起來。「三哥，你總算來了，嫂嫂差點就沒了，嗚嗚……」

「別哭！」牧斐一聲令下，牧婷婷立即噤聲不敢哭了。

只見牧斐先是掃了一眼被紅纓槍釘在樹上的錢玄，又掃了一眼臉色慘白的錢白和他身後還處於強烈震驚中的士兵們，也不知對誰喊了一聲。「先帶她們倆下去。」

嗟嗟嗟！

牧婷婷一轉頭，身後黑霧散去，一群手持弩箭、高坐馬上的黑衣蒙面人正朝她們身後聚攏，其中兩個黑衣人飛快跳下馬，一人手腳俐落地從牧斐懷裡揹起昏迷的秦無雙，另一人扶起雙腿發軟的牧婷婷，又一起翻身上了馬。

牧斐起身，鳳目裡翻滾著騰騰殺氣瞅著錢白，喊道：「錢少主，你應該很清楚動我女人的下場。」

錢白抿了抿唇，道：「我從沒想過要害無雙。」

牧斐冷冷道：「所以死的人不是你。」他瞥了一眼錢玄的屍體。「令兄是我牧斐殺的，吳越要是不服，儘管來祁宋找我報仇便是。」

手持弩箭的黑衣人紛紛上前擋在牧斐身前，有人牽來一匹玉驄馬交給牧斐，牧斐翻身上馬，深深地看了錢白一眼，這才策馬離開。

黑衣人護送著牧斐有序後撤，錢白身後的士兵一部分屬於錢玄，眼下已經六神無主了，一時不敢動作，銀甲士兵見錢白沒有發話，也是不敢妄動，只能眼睜睜看著他們消失在黑霧裡。

軋軋……

車輪壓地的聲音有節奏地敲擊著秦無雙的耳膜，迷迷糊糊中，她覺得自己的身體就像漂在無邊大海裡隨風逐浪的一葉扁舟，眼看就要被海中的巨大漩渦吸了進去，臉頰突然傳來一陣溫熱，似誰的手在輕輕摩挲著她的肌膚，將她猛地從夢中拉了出來。

她氣息微亂地睜開了眼，只見牧斐橫臥在她左側，正單手支著頭，抿著唇，一臉溫柔地注視著她，另一隻手正在為她拭去臉頰上的一滴冷汗，丹鳳眼裡滿是憐愛心疼。

「你……」秦無雙動了動唇，剛擠出一點聲音就被一個猝不及防的吻堵了回去。

這個吻炙熱霸道，甚至帶有一絲懲罰意味，毫不留情地攻城略地，截斷了她所有的退路，直至將她胸中殘存的空氣吞得一乾二淨，她的臉色因缺氧變得潮紅，他才緩緩抬起頭，放開了她。

秦無雙大口大口地呼吸，因為過於用力，扯得右肩一陣鈍痛，這才察覺她脫臼的手臂已經被接回去了，只是疼痛感還在。

牧斐微微蹙眉，用大手包裹住她受傷的肩頭，語氣埋怨地瞅著她道：「這是對妳不告而別的懲罰。」
秦無雙終於緩過氣來，後知後覺地察覺到牧斐是在氣她前來吳越竟然沒有告訴他。她慚愧地垂下眼眸，本以為來吳越考察是一件再平常不過的事情，是她錯估了情勢，才讓她和婷婷身陷險境，要不是牧斐及時趕來，想必此刻她已經不在了。
「對不……」
「起」字未出，牧斐的第二道吻落了下來，只是這次的吻就像江南的杏花煙雨，溫柔纏綿，極盡繾綣。
末了，他緩緩抽離，灼灼目光幾乎要噴出火，嗓音沙啞地說了一句。「這個是我對妳的思念。」
秦無雙的小臉騰地一下燒紅了，她羞赧垂頭，又飛快抬頭，主動啄了牧斐一口。
牧斐愣了下，旋即洪水開閘似的擁吻起秦無雙，二人如膠似漆、纏綿悱惻，就在牧斐的手控制不住地開始亂摸時，馬車輪子壓到一塊凸起的石頭，將二人顛了一下。
秦無雙猛地清醒過來，推開牧斐喘著氣道：「阿斐，冷靜一下，我們還在路上……」突然反應過來自己在做什麼，秦無雙的小臉紅得都快滴出血來。
牧斐慾求不滿地撇了撇嘴，著了火的眸子盯著秦無雙嬌豔欲滴的容顏良久，才將盤桓在心頭的慾望強行壓了下去。
二人收整情緒，起身而坐，秦無雙依偎在牧斐懷裡，撩起簾子的一角，掃了車外蒙面勁裝的黑衣人一眼，微微蹙起了眉。

「他們是誰？」若是牧斐明目張膽地帶著這麼一大批神秘人入境吳越，吳越的眼線不可能一點也不知曉。

「他們是潛伏在吳越的暗樁。」

「暗樁？」秦無雙心下一驚，轉頭看了牧斐一眼，等他繼續解釋下去。

「這些暗樁最久的已在吳越潛伏了二十年……先帝一直打算收服吳越，只是礙於面子，加上吳越主十分聽話，所以遲遲沒有下定決心。」

這句話裡的訊息太多了。秦無雙首先想到的竟是先帝扣押吳越主的真正目的，就是為了逼吳越主動造反，只要造反了，祁宋攻打吳越便是師出有名。

可是吳越表面上百依百順，沒有任何動靜，卻不知錢白已經潛入過汴都幾次想出手救出吳越主。

如今這些潛伏在吳越已久的暗樁就這樣被牧斐全部帶了出來，並且一起返回祁宋，難道是他們的身分已經暴露？

不！

這些人是故意暴露的。

秦無雙一把抓住牧斐的胳膊，追問道：「阿斐，你此次前來吳越，是不是新帝授意……」

「唉！」牧斐輕輕嘆息。「果然什麼事都瞞不過妳，我此番前來，一是為了接妳回家，二是完成新帝交代的事情。」

「……什麼事？」

「皇上要我當眾除掉吳越主兩個兒子中的一個。」

雖然心中已經有些底，但是聽牧斐這麼說了出來，秦無雙還是震驚不已。「除掉吳越主之子……所以，新帝是想逼吳越造反？」

「嗯，新帝……」牧斐頓住，嘴角弧度微微繃了起來，連同眼神也深了幾分。「新帝心思詭譎，與人打交道就像在博奕，他似乎總能比對手提早知道下一步棋，就像……他好像料定妳一定會遭遇危險、我一定會來吳越似的，所有的時機把握得剛剛好，哪怕我手刃錢玄都是因為有了妳這個理所當然的理由。」

原來從她離開祁宋時，她就已經成為了別人的棋子。秦無雙不由得起了一層雞皮疙瘩，在這波詭雲譎的爭鬥中，即使她想做個局外人也由不得她，她竟在不知不覺中被人利用了，這是何其恐怖。

她嚥了嚥口水。「……新帝為何要在這時動手？」

牧斐挑簾瞥了窗外一眼，又放下簾子、壓低聲音道：「新帝登基並非名正言順，底下多有人不服，為了立威，也是為了鞏固地位，新帝必須做一件讓眾人心服口服的事情，那就是……統一天下。」

所以，首先要收服的便是吳越這個附屬國，吳越的實力與祁宋相比，無異雞蛋與石頭，只要祁宋出兵，吳越必輸無疑，只是代價大小的問題。但是吳越太聽話了，除了不納土歸降，其他什麼都百依百順，年年進貢，且依照祁宋要求，進貢數目一年比一年大，倒也讓祁宋抓不著把柄。若是貿然出兵吳越，沒有正當理由，就是師出無名。無名之師是為失道，會被天下人詬病，所以司昭若想出兵吳越，必須找個合理正當的理由——

譬如，吳越主動造反進攻祁宋，哪怕吳越只是展露厲兵秣馬的野心，也足以讓祁宋討伐。

「阿斐，有件事……我一直想問你。」

「噓。」牧斐用手指輕輕地點住她的嘴唇，又撩起簾子往外面看了一眼，這才低聲道：「我知道妳想問什麼，司玉琪的死對不對？」

秦無雙睜著一雙大大的杏眼，微微頷首。

牧斐道：「她死在誰手裡已經不重要了，重要的是她的死讓先帝積壓的病情突然爆發了……我被禁軍帶進天牢後，新帝曾暗中派人來見過我，並給了我一幅完整的祁宋版圖，上面包含吳越和幽雲十四州，並說如果牧家配合，等我出去之後，他將與我共同完成這一幅版圖。」

所以，司玉琪極有可能是死在新帝司昭的手下，這樣司昭就有了牧斐的把柄，足以逼牧家背後的三方勢力擁他為帝。秦無雙沒有想到的是，身為先帝心腹的殿前司指揮使吳鐸竟也成了司昭的人。上次司玉琪害她時，正是司昭暗中將他們放出宮去的，看來司昭的勢力早已滲透宮禁。

這樣心思詭譎的人，光是想到就讓人覺得毛骨悚然，也難怪最後他會在殘酷的奪嫡爭鬥中拔得頭籌。

還有不到一年，雁門關就要被破了，北方的鐵騎將會衝過雁門關南下，到時候牧守業戰死，牧家滿門被抄……

秦無雙緊緊握住拳頭，這一切，難道也是陰謀嗎？無論如何，她一定要阻止牧家傾崩的命運。

思及此，秦無雙忽然想起錢玄口中所說的「北方的貴客」，不由得陷入了沈思。

北方……難道是奇丹？

可奇丹人為什麼要抓她？

牧斐垂眸看了她一眼，以為她在擔心他，畢竟現在的他與新帝走得越來越近，便安慰道：「妳放心，我已非從前那個牧斐，不會輕易被別人當成棋子，更不會受人擺布，我一定會強大得讓別人忌憚，也一定會拚盡全力護妳周全。」

見秦無雙沒什麼反應，他立即坐正了些，秦無雙跟著一動，回過神來，茫然地望著他。

「啊？你說什麼？」

牧斐面色微微一凝，反問。「妳方才在想什麼？」

秦無雙把錢玄在無量塔說過的話全告訴了牧斐，並說：「我一直在想這位『北方的貴客』到底是誰？他為何要透過錢玄得到我？還有，他為什麼要我？」

牧斐一聽，眉頭瞬間擰成了結，一雙丹鳳眼沈得如望不見底的深淵，半晌，他才道：「前不久，奇丹三絕睡王耶律雄被人下了毒、射殺在陷阱裡，他的姪子耶律佑登基為王，正是人心不穩的時候……

「多半是他們準備和吳越聯合發兵攻打祁宋，讓祁宋來個措手不及。」

秦無雙一聽，倒吸了一口冷氣，腦子裡還有些混亂，問道：「可這跟抓我有什麼關係？」

牧斐突然定定地看著她，道：「因為妳是我的妻，是雁門關鎮守大將牧守業的兒媳……」牧斐咬緊牙關，緩緩吐了一口氣。「我不知道這後面到底有什麼陰謀詭計，但是絕對是有人想利用妳威脅牧家，所以這次回去之後，妳切記不要隨意外出，生意上的事情都交由下人打理。」

秦無雙明白事態嚴重，便重重點頭應了。

接下來幾日，他們竟然一路暢通無阻地回到了祁宋境內，看來錢白並未下令阻止他們回去。

回到汴都後，牧斐只換了一件衣裳就進宮覆命去了。

至掌燈之後，方回來。

進屋時，正好看見半夏端著一盆熱水從小廚房裡出來。

「小官人。」半夏笑著行禮。

牧斐瞥了一眼熱水，問：「可是給娘子泡腳用的？」

「是。」半夏答。

牧斐一邊將袖子挽起來，一邊道：「我來吧。」

半夏嚇了一大跳，連連搖頭。「這怎麼行呢，小官人金尊玉貴的，怎能做這等粗活……」

牧斐笑著拿過木盆，勾起嘴唇斜了半夏一眼。「妳懂什麼，親自為我夫人洗腳，那叫情趣。」

第五十九章　吳越歸降

半夏一聽，羞窘得臉一紅，轉身就下去了。

牧斐心情愉悅地端著水盆進了屋，見秦無雙靠在榻上合目小憩。

連日趕路回來，累壞了吧？

他放輕腳步，來到榻邊，彎腰放下腳盆，又找來一件薄披風輕輕搭在秦無雙身上，然後蹲在榻旁，用手試了試水溫，見正好，這才將秦無雙垂在榻下的雙腳褪了鞋，緩緩放進水盆裡。

剛一入水，秦無雙就被包裹住雙腳的暖意給驚醒了，睜眼一瞧，見替她洗腳的竟是牧斐，便下意識想抽腳。

牧斐輕輕按住她的腳。「別亂動，水都濺出來了。」

「你何時回來的？」秦無雙感受到腳上半是強迫半是輕柔的手勁，垂眸看著牧斐的髮頂問。

「剛回。」他溫柔地捏著秦無雙白皙的玉足，就像把玩著珍奇美玉似的愛不釋手。「水溫可好？」

秦無雙羞赧地說：「嗯，正好……這樣的事讓下人做就是了，你都累了這麼多天，趕緊去沐浴歇息吧。」

牧斐卻抬頭咧嘴對她笑著說：「可我就喜歡伺候妳。」

秦無雙的臉頰頓時燙得不行，一時羞赧地說不出話來了，只得任由牧斐替她洗腳。

洗完腳後，牧斐迫不及待地將秦無雙打橫抱起，朝床邊走去。

床帷垂下，暗香盈盈，一夜極盡纏綿相思之意。

隆冬過後，預料中的吳越造反沒有發生，吳越少主納土歸降的消息卻來了。

未動兵戈就收服了吳越，新帝大悅，當即封吳越主錢喬為吳越指揮使，放錢喬回吳越養老，又封其子錢白為吳越明珠世子，並任命錢白為大內殿前司督虞侯，專門負責掌管殿前諸司紀律整肅。

這樣一來，錢白就不得不入汴都述職，整日在皇上的眼皮子底下，與其說重用，不如說監視。

錢白也心知肚明，卻欣然接受冊封，十分爽快地來汴都述職了。

新帝十分欣賞錢白，特意花重金替錢白在汴都修了一座世子府。

與此同時，牧斐被新帝直接從武院破格提升為五品翊衛，履隨行護衛新帝之職。

而秦無雙的絲綢莊也因為錢白的全力配合開張了。

冬去春來，正是百花齊放時。一日，薛靜姝想著許久未見秦無雙了，便召她進宮一敘。姊妹二人見了面，自是有許多話聊不完。

正說著，薛靜姝低頭摸著平坦的肚子嘆道：「我也不知道何時才能懷上龍種。」聞言，秦無雙一側的太陽穴突然急跳了兩下，她穩定心神笑了一笑。「這事急不來，得隨緣。」頓了頓，她謹慎開口。「姊姊很想要個孩子？」

「身為後宮之主，當然想為皇上誕下嫡長子。」說著，她又嘆了一息。「眼下看來長子是不可能了，韻貴妃與華嬪都已經有喜了。」

司昭登基之後，為了穩固帝位，納了不少朝中權臣之女，若不是牧婷婷還小，估計也會是其中之一。

聽說近來薛丞相上朝時，新帝對他賜座奉茶，他便益發跋扈了，開始公然結黨營私，儼然在朝廷裡形成了勢力不小的薛派，功高震主，焉能不防。

前世，薛靜姝因服了秦家保胎丸一屍兩命，這一世秦無雙已將秦家保胎丸與皇室徹底斷了連結，希望薛靜姝可以躲過此劫。

不過看到薛靜姝求子心切，她隱隱感到不安，便壓低了聲音問：「姊姊，皇上他……對妳好嗎？」

一提到司昭，薛靜姝的臉上自然而然地流露出愛慕的神色，連眼裡的光都亮了幾分，含羞帶笑道：「他待我自是極好的，一月裡竟有大半時日都在我這裡……」眼神緊接著又暗淡下去。「我只恨自己體寒，不能替他誕下龍嗣。」

她突然想起什麼，黯然失色的眼睛又亮了幾分。「妹妹，妳不是會醫術嗎？妳替姊姊看看，姊姊這體寒可有得治？何時才能懷上龍嗣？」說完，她將手腕遞給秦無雙。

秦無雙正好也有此意，倒不是為了讓薛靜姝懷上孩子，而是想知道薛靜姝的體質究竟如何。她把脈後，卻發現其雖有些體寒，但應該不影響受孕。

她將脈象如實相告，薛靜姝聽了這才放下心來。

二人又說了會兒話，恰值宮女換香，殿中很快瀰漫了一股飄渺的異香。秦無雙吸了吸鼻子，微微蹙起了眉，她瞥向香爐垂眸沈思了一會兒，面色如常地問薛靜姝。「姊姊殿裡的香很是獨特呢，好像不是本土香吧？」

薛靜姝笑著點了一下她的鼻尖。「真是個好鼻子，這香是波斯國進貢的，皇上知我喜歡熏香，便全賜給我了。起初聞不太慣，久而久之就覺得別有一番特色，便時常用上了。妹妹若是喜歡，走的時候可以帶一些回去。」

「多謝姊姊讓妹妹沾光了。」

姊妹二人又說了會兒話，秦無雙見時候不早了，便起身告辭了。

出了坤寧殿，秦無雙本想轉道去寶慈殿看望一下太皇太后，結果剛出坤寧殿角門入西夾道，就迎面遇到了皇上步輦。秦無雙趕緊退到一側，跪在地上行禮。

步輦經過她面前時停了下來，司昭居高臨下地俯視著她，似笑非笑地問：「牧家少夫人？」

「臣婦在。」

「可是剛打皇后那裡出來？」

如今司昭身為帝王之尊，身上散發出一股泰山般的王者威儀，叫人不敢直視，秦無雙輕輕嚥了下口水，道：「……正是。」

司昭突然不說話了，氣氛安靜得有些沈重。

半晌，司昭淡淡地開口。「聽說少夫人精通醫理？」

聞言，秦無雙的心驟然一縮，一股涼意如蛇似的從後背爬上腦門，汗毛直豎。

她剛察覺薛靜姝的香裡有異常，司昭就特意過來提點她，好似早已洞察一切。

那香不用查，她也明白肯定是讓薛靜姝不易受孕的東西。原來司昭早就忌憚薛丞相了，所以不想讓薛靜姝懷上孩子，以免薛丞相利用孩子威脅他的帝位。

「陛下許……是聽錯了，民婦……並不精通……」

「那就好。」司昭打斷她道，又意味深長地說了一句。「那就一直不懂下去吧。」

顯然，司昭是在暗示她對皇后不能懷孕一事莫再多管。

秦無雙叩頭道：「是。」

這時，有個太監上前，似在等待她交還什麼東西，她趕緊將薛靜姝送給她的香雙手奉上，那太監拿了香退了回去，喊道：「起駕——」

步輦逶迤而去。

出了宮後，秦無雙深吁了一口氣，想著薛靜姝的處境不由得憂心忡忡。薛丞相野心勃勃，也許不要孩子才是對她最好的保護，只是苦了薛靜姝，滿腔愛意終究是錯付了，這深宮哪裡容得下兒女情長？

而牧家現在的處境也是撲朔迷離的，她不知道這一世牧家的命運會不會因為牧斐的改變而改變。

籲——

馬車突然停了下來。

半夏在車頭撩起簾子道：「少夫人，有人攔住了我們的馬車，他說他是曹嬤嬤的兒子，有事求見您。」

秦無雙一聽，探頭看了一眼，果然是曹嬤嬤的兒子楊大壯。「大壯哥，你怎麼來了？」她私下一直有救濟曹嬤嬤，平日跑腿傳信的就是楊大壯。

楊大壯面有急色道：「五娘子，不好了，景大官人病重了，娘讓我趕緊叫您回去看一眼！」

「什麼?!」秦無雙嚇了一大跳，趕緊叫車夫先回去通傳牧家，又讓楊大壯駕馬車載著她急急忙忙趕往秦家。

從宮裡出來正是金烏西沈時，待他們趕到秦家，已是掌燈時分了。

她與半夏從偏門進入，急急忙忙直奔三房，楊大壯卻叫住了她。「五娘子，景大官人不在三房，在前廳。」

前廳？她雖有些疑惑，但心想畢竟在秦家，不會出什麼大亂子，便腳步一轉往前廳趕去了。

甫一近前廳院門，她就覺得有些不對勁，遠遠看見大廳內燈火通明，全家竟然齊齊聚在前廳，除了主位上端坐著的祖母和右邊下首坐著的爹娘，其他人都站著，安安靜靜的誰也不敢吭聲，氣氛靜謐得有些詭異。

再看左邊席位上也坐著一個人，露出半邊白衫衣角，不過因為有個黑衣人擋著光，看不清真切容貌，只覺得身姿有些眼熟。

這時，楊大壯從身後大喊了一聲。「五娘子回來了。」秦無雙明顯感覺到楊大壯的嗓音在顫抖，似乎在畏懼著什麼。

這一聲喊叫，如同驚雷似的，瞬間將沈默的秦家人驚醒了，全都轉頭看了過來。

座椅上的秦光景慌忙起身，起到一半看了眼對面椅子上的人後，又緩緩坐下，然後一臉擔憂地望著秦無雙。

此刻，秦無雙已經察覺大事不妙了。她疾步跨進院內，甫一進院，就發現廊下整整齊齊地立著幾十個穿胡服、戴韃帽、全副武裝的奇丹士兵，身上散發著一股藏也藏不住的殺伐之氣。

這時，擋住座椅上那人的黑衣人正好讓開了身，露出後方一張溫潤如玉的臉。

那人一雙鳳目如平湖，初看時好似無波無瀾，平和而親切，然而靠近一看，那雙眼睛深沈得如同看不見底的潭水，神秘而不可捉摸。

他的嘴角噙著一絲慣有的笑。「好久不見，小雙。」

秦無雙怎麼也沒想到蕭統佑竟然會是奇丹的新可汗耶律佑，更沒想到他竟會以帝王之尊冒險深入祁宋汴都，帶兵入秦家「拜訪」，竟然只是為了「請」她去奇丹為他治病。

一年多的相處，早就讓蕭統佑知道秦無雙最大的軟肋是什麼，所以他幾乎不費吹灰之力便將她「請」上了馬車。

起初還蒙著她的雙眼，出了城後，便將蒙眼的黑布取了下來，沒有再對她進行任何約束，只將她與半夏一起放在馬車上。

秦無雙掀起車簾，只見那些奇丹士兵不知何時打扮成了客商的模樣，一行人竟沒有北上，而是來到了歸元寺。

到了歸元寺後，烏雷便將她與半夏安置在一間事先準備好的禪房裡。

禪房裡的擺設均已經換成了閨閣之樣，像是特意為她準備的。

看來這歸元寺實則是蕭統佑安排在祁宋境內的一個聯絡點。

整整三日，烏雷親自鎮守在禪房門外，而蕭統佑自將她帶離秦家後就再也未出現過。

秦無雙不明白蕭統佑究竟是何用心，既然已經帶走了她，為何不趕快離開，反而在這距離汴都不過幾十里的歸元寺待著？

難道蕭統佑就不怕萬一被人發現行蹤，司昭定會用舉國之力來活捉他嗎？

已經三日過去了，秦家的人應該早已派人通知牧斐她被蕭統佑帶走的事情，估計牧斐現在正在四處尋找她。

也不知道牧斐什麼時候能找到歸元寺來？

想了想，又覺得不對，牧斐若是知道蕭統佑是奇丹的新可汗，一定會以為她被帶回奇丹了，必定會一路北上追蹤。難怪蕭統佑要藏在歸元寺，他是準備等牧斐北上後，再帶著她改道離開吧？

想到這裡，秦無雙心裡頓時五味雜陳的。蕭統佑竟是一個心思如此深沈之人，與新帝司昭簡直不遑多讓，竟然一臉無害地騙了她這麼久，虧她對他那般信任，恨不得把他當作親大哥對待，到頭來不過是一場騙局而已。

秦無雙拍打著房門，朝門外大喊：「烏雷，我要見蕭統佑！」她必須和蕭統佑好好談談。

烏雷沒回應她，不過聽著門外遠去的腳步聲，秦無雙知道烏雷去找蕭統佑了。

夜幕低垂時，房門打開了，蕭統佑站在門外，烏雷先進屋帶走了半夏。

蕭統佑微笑著邁進屋內，聲音是一如既往的柔和。「妳要見我？」

自從她離開秦家，登上蕭統佑準備好的馬車後，她就再也沒有見過蕭統佑。

「蕭大哥，你真正的目的到底是什麼？」她不認為蕭統佑以身犯險只是為了請她看病這麼簡單。

蕭統佑看著她，言簡意賅道：「帶妳走。」

要帶她走，直接讓烏雷打昏她悄悄帶走就可以了。「可你為什麼要用秦家人來威脅我？」

蕭統佑抿了一下唇。「不那樣做，妳會這般聽話地跟我走？」

她現在之所以如此順從就是因為蕭統佑不動聲色地威脅了她，只要她敢輕舉妄動，以蕭統佑的實力要傷害秦家是輕而易舉的事情，所以她也想和平解決這件事，可是她不知道蕭統佑真正的目的到底是什麼。

她試探道：「如果你想讓我替你看病，大可不必這樣……」

蕭統佑扯唇笑了笑，那笑容看似和煦，實則清冷，甚至帶著幾分諷刺的意味。「事到如今，妳還以為我親來祁宋只是為了讓妳替我看病？」

「……」秦無雙心裡忽然有種不好的預感，她難以置信地盯著蕭統佑，身體漸漸緊繃，抿唇不說話了。

蕭統佑朝她步步逼近，鳳目裡流露出不再掩飾的占有慾，他走到秦無雙面前，抬起了手，想去碰觸秦無雙的臉頰，聲音微啞道：「我真正想要的……是妳。」

「別碰我！」秦無雙快速地後退了兩步，避開了蕭統佑的手。

蕭統佑愣了下，手在半空中僵了一瞬，隨即落下，嘴角勾起一抹落寞的苦笑，低頭嘆息了一聲。

就在這時，門外傳來悶悶的巨大聲響，像是什麼野獸正要從地底下破土而出似的。

秦無雙嚇了一跳，連忙穩住心神，向外一瞄，只見半空中隱有火光跳躍。

火光的方向竟是汴都城！

她急忙衝出門外一看，果然是汴都城。歸元寺地勢高，站在門口依稀能看見遠遠的汴都城內七零八落地亮起了火點，黑煙混雜著通天火光，將汴都的夜空照得血紅一片。

發生了什麼事？

整個汴都城像是發生了什麼動亂，到處都是火光。

「開始了。」蕭統佑不知何時站在她身邊，喃喃自語道。

「是你……」秦無雙立刻意識到城內之事乃是蕭統佑所為，她偏頭瞪著他。「你究竟做了什麼？」

蕭統佑平靜地望著汴都城，似笑非笑道：「只是為了能夠順利帶妳走，使了一點聲東擊西的伎倆而已。」

是夜，蕭統佑就帶著她動身離開了，只不過他們走的不是大路，而是歸元寺後山的地道，地道約有二、三十里長，曲曲折折，岔路極多。

歸元寺方丈領著他們一路前行，秦無雙早就被轉暈了，更重要的是她發現這些地道裡瀰漫著一股火油的味道，她四處打量，果真發現藏著不少火油桶。

難怪汴都城裡會爆發騷亂，一定是蕭統佑的人用這些火油在汴都城內四處放火。

第六十章　將計就計

她一面觀察四周，一面又暗自慶幸牧斐沒有發現他們在歸元寺，不然若是追進地道裡，後果不堪設想。

也不知道走了多久，等她再見到天光時，已經是次日午後了，洞口早已聚滿了人馬。

那些人看打扮像是行走天下的遊商，他們見了蕭統佑紛紛下馬行禮。

蕭統佑自始至終拉著她的手沒放，這會兒牽著她準備登上馬車，秦無雙卻站著不動。

她知道，一旦上了馬車，這輩子恐怕再也難以回到祁宋了。

蕭統佑也不催，耐心等待她下定決心。

秦無雙瞥見半夏站在不遠處，烏雷正站在她身旁，一隻手按在刀柄上。半夏眼裡閃著瑩光，緊抿嘴唇，一臉決絕之色，她是在告訴秦無雙，不用顧忌她。

秦無雙內心暗嘆了一聲。蕭統佑實在太了解她，只用一個半夏便足以掐住她的七寸，她低頭閉上了眼，再次睜開眼時，表情漠然地上了馬車。

她與蕭統佑同坐一車，她卻當蕭統佑是陌生人，再也不去直視他，也沒再掀開窗簾記住外面的路線，因為她知道，落在了蕭統佑手裡，她是逃不走的。

一路北上，遇到幾處祁宋關卡，皆被前頭的人打點過去了，直到途經一個大關卡，一小隊巡境的祁宋士兵圍上來盤問。

秦無雙心下一動，抬手要去掀簾子，卻發現蕭統佑靠在車壁上靜靜地看著她，雖沒有任何阻止的動作，可那眼神分明寫著妳可以試試看，但代價一定是慘痛的。

她遲疑了一下，最後還是放下手。巡境士兵噠噠的馬蹄聲漸漸遠去，她握緊拳頭，雙肩垮了下去，自此之後，再也沒有想逃的念頭。

大概是舟車勞頓，秦無雙一路上總覺得精神不濟、胃裡泛酸、食慾不振、噁心想吐，但她不想在蕭統佑面前表現出一絲不適，便強忍著沒說。

也不知過了多少天，烏雷在車外喊了一聲。「可汗，南京城到了。」

秦無雙倏地睜眼。

南京城，幽雲十四州的南京城，他們竟然順利抵達了奇丹境內。

到了南京城後，他們住在南京府裡，蕭統佑並未限制她行動，連出入大門都沒人攔著她，但秦無雙知道，一定有人在暗處監視著她的一舉一動。

抵達南京城約有半個月了，秦無雙見蕭統佑沒有要繼續北上的意思，又時常不見人影，若不是每隔幾日會來找她診一下脈，她幾乎以為他根本不在這裡了。

這日，她與半夏在府裡散步，空盪盪的南京府除了侍女就只有她和半夏了。

也不知道牧斐現在怎樣了？

得知她被蕭統佑擄走，牧斐心裡一定很著急吧，而她卻只能乖乖順著蕭統佑的意，跟他來到奇丹。

秦無雙越想越煩躁，腳步一轉，突然很想不顧一切逃離這個牢籠。

半夏急忙跟著，二人出大門時，門外的守衛並未阻攔。

秦無雙站在南京府的大門外，放眼望向前方，忽然發現自己的想法可笑至極。

就算她出了南京府又怎麼樣？

蕭統佑敢放她出來，必定是有十足的把握她逃不了，南京城不過是一個更大的牢籠而已。

不過既然出來了，秦無雙決定在南京城裡逛一逛。

這一逛，她才知道原來奇丹大軍已經壓境雁門關了，兩國大戰在即，而南京距離雁門關不過百餘里，秦無雙終於明白，南京府就是蕭統佑的前線指揮部。

前世，牧守業就是在雁門關大戰中戰死的，只是前世奇丹大軍壓境之時，汴都那邊並不知情，所以毫無準備。奇丹破了雁門關後，當即一路南下，燒殺擄掠了一個多月才回去。

不行，她一定得想辦法阻止奇丹攻破雁門關。

可她一介女子如何阻止得了奇丹鐵騎？

思來想去，她決定從蕭統佑身上下手。

是夜，秦無雙熬好了湯藥親自送到蕭統佑書房，只是書房裡亮著燈火，卻沒有人在。問了侍女才知道蕭統佑出門去了。

秦無雙遺憾地看了一眼碗裡的湯藥，她在裡面做了些手腳，不至於要蕭統佑的命，但是可以讓他臥床不起，兩年內全身沒有力氣。

一國之君病倒，這仗一定打不下去。

秦無雙剛想離開書房，無意間瞥見書案上鋪著一卷展開一半的牛皮圖卷，上面用漢字寫著「軍事布防圖」。秦無雙放下湯藥走到書案前展開羊皮圖卷一看，竟是一張完整的奇丹與祁宋的全版地圖，上面不僅標明了此次作戰奇丹境內的軍力布防，還標明了奇丹放在祁宋境內的暗樁及那些被收買的祁宋朝臣。

秦無雙心中駭然一驚，呆呆地看著眼前的布防圖，心裡突然明白了，原來蕭統佑在汴都那十年，根本不是單純的花農，而是根深柢固的細作，而她竟然還將蕭統佑推薦到那些高官府上種花，這才讓他有了更好的途徑去打聽祁宋的各種機密，她真該死！

想到這裡，她胸口一陣發悶，全身的血液像被凍住了似的，手腳涼得嚇人。

她已經來不及自責懊悔，趁著蕭統佑回來之前，找來紙筆，將這張軍事布防圖草草抄錄了一遍，藏在身上，若無其事地回屋了。

回屋後她想了許久要怎樣把這張抄錄的布防圖送出去，最後決定讓半夏帶出去。蕭統佑的目標一直是她，只要她待在南京府裡，蕭統佑就不會懷疑到半夏。

她和半夏商量了一番，由半夏裝扮成侍女，混在那些後廚採購食材的侍女中出府，然後找一鏢局，請他們想辦法送半夏出城去，而秦無雙則是閉門不出，這樣烏雷就不會察覺半夏失蹤了。

她們按照計劃行事，半夏果然順利出了城，出城後，借了鏢局的馬，一路南下。

秦無雙每日在南京府裡等得心焦，這日蕭統佑前來看望秦無雙時，發現半夏失蹤了，竟然也沒問，秦無雙心裡突然有種不好的預感，頓時不安起來，但面上卻什麼都不顯。

平日蕭統佑即使來看她，也只是在她這裡坐坐就走，今日卻留下來一起用午飯。飯菜端上桌，秦無雙被一陣油腥味熏得胃裡翻江倒海地嘔了起來。

蕭統佑忽然抬手搭在她的脈搏上，她下意識抽手，卻被蕭統佑強行按住，號了一會兒脈後，蕭統佑的神色猶如烏雲遮月，徹底沈了下來，然後什麼話也沒說，直接起身離開了。

秦無雙莫名其妙，看著蕭統佑突然離去的背影，再聯想起近日自己胃口不佳、時常噁心的癥狀，她心頭突然急急一跳，忙左手搭在右手脈搏上，細細一診——竟是喜脈。

她……懷孕了！

巨大的驚喜湧來，她激動的無以名狀，緊接著又被深陷險境的憂慮包裹住，斂了笑意。她捂住肚子，目光堅定道：「孩子，你放心，娘一定會保護好你的。」

她開始每日想方設法給蕭統佑下藥，但蕭統佑似乎有所察覺，最近都不見她。

直到祁宋大軍攻陷幽州城的消息傳入南京，蕭統佑這才現身帶著她北上。原來祁宋大軍兵分三路，牧斐為伐北左先鋒，錢白為伐北右先鋒，牧守業為中軍，三軍齊發，勢如破竹，伐北大軍一路北上，連克三州。

看來，半夏已經成功將布防圖送到了牧斐的手上。

他們北上到達灤平城之後，蕭統佑命人請秦無雙到他的書房。書房裡擺著一座沙盤，上面插著兩軍作戰的旗子，沙盤上方的木架掛著一張巨大的羊皮軍事布防圖。

秦無雙很快發現那張軍事布防圖與她抄錄的那張軍事布防圖不同之處。

蕭統佑看著她，將她臉上的慌亂盡收眼底，這才走過來道：「妳抄錄的那張是假的，這張才是真的。」

秦無雙震驚。「所以，你……早就知道了？」

蕭統佑道：「那張圖是我故意讓妳看見的……妳一向聰慧，這次怎麼會輕而易舉上了我的當？」

所以，半夏也是蕭統佑故意放出去的，目的就是借她的手將假的布防圖送到牧斐手裡。而牧斐得了假的布防圖後，一路勢如破竹，深入奇丹腹地……

秦無雙仔細地看了一眼真的軍事布防圖，發現幽雲十四州的南大門平洲城的軍力布防是十萬人，根本不是一萬人，也就是至少還有九萬人是藏在暗處的，他們要做什麼？

難道……

「我是故意放走半夏的，有了那張假圖，牧斐就會一腳踏入陷阱，等他帶兵攻陷南京，就會被我藏在平洲的大軍切斷尾巴，困死在南京城內。還有……祁宋那些所謂的暗樁都是假的，被我收買的祁宋大臣也是假的，他們才是奇丹真正的威脅，我只是想借祁宋皇帝的手斬草除根而已。」蕭統佑的聲音在耳畔響起，就像惡魔低語，讓秦無雙發自內心產生一股戰慄。

良久，秦無雙才顫著聲音問：「……你到底要怎樣才肯放過牧斐？」

「我說過，我想要的是妳……」蕭統佑深深地望著她，薄唇輕啟。「想要救牧斐，那就嫁給我。」

秦無雙怒道：「我已經嫁給牧斐了，怎麼可能一女二嫁？」

蕭統佑不疾不徐地說：「妳可以親手寫一封休書給牧斐，我保證會送到他手上。」女子寫休書給丈夫，那可是極大的侮辱。秦無雙斷然拒絕道：「不可能！」

蕭統佑的目光開始下移，最後落在了她的肚子上，如兩道刀子似的劃著她的皮膚。她下意識捂住肚子往後退，質問道：「你要做什麼？」

蕭統佑皺了皺眉，沈吟道：「我在想，牧斐和妳肚子裡的孩子，哪個重要？」

秦無雙杏眼圓睜，倒吸一口冷氣道：「蕭統佑，沒想到你竟是這樣卑鄙無恥的小人！」

蕭統佑似笑非笑道：「妳不也是想對我下藥嗎？」

「……」

就在這時，有人急報。「稟可汗，祁宋左路軍已經進入南京城內！」
蕭統佑揮手，那人退下去了，蕭統佑便看著她不說話了。
秦無雙聽得膽戰心驚，思忖了半晌，只好咬牙切齒道：「我寫！」

幾日後，秦無雙的休書與喜帖一起被送到了牧斐的營帳中。
是夜，牧斐大怒，單槍匹馬的衝出南京城，一路北上灤平城。
蕭統佑看著站在大門外，手握紅纓槍、一身是血的牧斐，勾唇笑了笑。「沒想到你倒是真敢來。」
奇丹士兵從四面八方圍住牧斐，似乎早就等著他來似的。
牧斐對黑壓壓的奇丹士兵視若無睹，擦了一下嘴角溢出的血，喊道：「我夫人呢？」
蕭統佑道：「小雙已經給了你休書，從此以後，她會是我的夫人。」
牧斐一抖手中血染的紅纓槍，惡狠狠道：「那得問問我手裡的紅纓槍答不答應！」
蕭統佑冷冷地俯視著牧斐，揮手下令。「拿下。」
秦無雙不知從哪裡弄來了一把刀握在手上，從後面的宅子裡殺了出來，一眼看見門外血戰的牧斐，驚喊道：「阿斐！」
蕭統佑身邊的侍衛立刻衝過去攔住她。
那些侍衛不敢真的傷了秦無雙，只能縮手縮腳的，秦無雙卻是不要命似的硬闖了出來。

蕭統佑一把拽住秦無雙的左手喝道：「站住！」

「放手！」

蕭統佑冷冷威脅道：「妳當真連肚子裡的孩子也不顧了？」

秦無雙氣急敗壞道：「是你出爾反爾，你不是說我寫了休書就放過他嗎？」

蕭統佑道：「我只說不圍困南京，如今可是他自己上門來送死的。」

「蕭統佑，你卑鄙！」罵完，秦無雙提刀就朝自己手臂上砍去。

「妳！」蕭統佑見狀，目眥欲裂。秦無雙為了離開他，竟然不惜斷臂也要斬斷與他之間的連結。

混戰中的牧斐正好瞥見這一幕，大喊了一聲。「茵茵，住手！」

然而秦無雙就像鐵了心似的，寧願斷臂也要衝出去，就在冷刃落下的一瞬間，蕭統佑一把握住刀刃扔了出去。

他紅著一雙眼狠狠地瞪著秦無雙，似要將她吞噬一般。

這也是秦無雙認識蕭統佑以來，見他最為憤怒的一次。

蕭統佑低吼。「妳就這麼想回到他身邊？」

「是！」秦無雙咬牙道。她原是篤定蕭統佑不想讓她受傷，才故意砍向自己的胳膊，只是為了逼蕭統佑放手，這樣她就能衝到牧斐身邊，有她在，蕭統佑多少會有所顧忌，不會下狠手。沒想到蕭統佑竟然徒手奪刃，寧願傷自己也不放開她。

她不由得有些氣餒。

蕭統佑鳳目深沈的有如濃濃的墨汁，靜靜盯著她不說話了。

就在這時，灤平府後方突然起了大火，緊接著兩路神秘人馬從兩側殺了進來，頓時攪亂了府前的奇丹大軍。

一時場面大亂，一桿紅纓槍破空而來，直襲蕭統佑。

蕭統佑手裡拉著秦無雙，冷冷地盯著直奔而來的紅纓槍。若想自救，要麼鬆開秦無雙閃避，要麼拉著秦無雙擋在身前。

烏雷正與突然出現的錢白纏鬥著，想救下蕭統佑已然來不及，眼見紅纓槍就要穿透蕭統佑的身體，蕭統佑終於鬆開秦無雙的手，往後避開了。

也就是在這一瞬間，牧斐縱身躍起，踩著人頭轉瞬落在了秦無雙面前，一手護住她，一手從腰間拔出佩刀指向蕭統佑的脖子。

蕭統佑面不改色地掃了一眼錢白的右路軍，忽然明白了什麼。他自嘲地笑了一下，抬眸正視牧斐。「看來，我終究是低估了你。」

「你當真以為我還是以前那個只知吃喝玩樂的紈袴子弟，看不出你的詭計？我不過是將計就計而已，就在你以為請君入甕的時候，我的右路軍早就潛入你的後方，切斷了你的退路。至於你藏在平洲城的十萬精兵，早已被我方中軍識破，全數殲滅了。」牧斐勾了勾唇，挑釁地笑了笑。「耶律佑，你輸了。」

噗——

蕭統佑氣急攻心，吐了一口血出來，牧斐大概是想活捉他回去，見他吐血，便將刀後撤了幾分。

就在此時，從暗處閃出幾個暗衛，眼明手快地將蕭統佑帶了出去，掠到了房頂上。

緊接著，房頂上變戲法似的出現一排黑衣人，個個手持連弩，正要對著秦無雙和牧斐發射。

這時，蕭統佑氣息不穩地喊道：「別傷她。」他深深地看了秦無雙一眼，才下令道：「撤！」

一道藍色煙火沖天而起，城內奇丹士兵見狀，紛紛收戈向北撤去。

祁宋大軍的戰線拉得太長，灤平一戰打得出其不意，他們根本不知道灤平城裡奇丹大軍的實力，見奇丹敗退，牧斐選擇見好就收，所以他並未下令去追，而是帶著秦無雙，在錢白的右路軍護送下，馬不停蹄地趕到幽州。

奇丹撤兵後，見祁宋大軍撤到了幽州，便整頓兵力，重新占據了灤平與南京，並以南京為界線與祁宋大軍對峙，卻並不前進。

幽州四城從此以後重新回到了祁宋的版圖裡。

三個月後，牧斐回朝，因連奪四城，皇上論功行賞，封牧斐為威武大將軍。

兩年後，薛丞相因結黨營私被撤查，皇上免其罪行，准其告老還鄉。

次年，薛靜姝誕下嫡皇子。

牧斐因伐北戰功赫赫，封為定北侯，封其妻秦無雙為一品誥命國夫人。

——全書完

2020年6月出版

菲來鴻福

文創風 852~853

不當廢柴的第一步，就是站、起、來！

看她小小庶女勇闖高門，把飛來橫禍變成天降鴻福！

灑糖日常　甜蜜無雙／夏言

從前世的噩夢醒來後，祁雲菲決定，今生不再任定國公府的人搓圓捏扁！
與其當個聽話的庶女，卻仍被父親賣到靜王府當姨娘，最後慘遭丈夫毒殺，
那不如先設法替欠下六千兩的父親還債，再伺機帶著銀子與親娘遠走高飛。
為了生財大計，她打算出門批貨做點小本買賣，卻撞上攔路劫色的惡霸，
幸好有人路見不平，這自稱姓岑的恩公大人，莫不是老天賜給她的福星吧？
遇到他之後，她的小生意似有神助，數月便湊齊銀兩，孰料禍起自家人——
掌家的伯父、伯母貪慕權勢，竟逼她入靜王府，和要嫁給睿王的堂姊同日出閣。
為保親娘性命，她咬牙嫁了，卻在掀蓋頭時當場傻住——
此處不是靜王府，眼前驚愕至極的岑大人變成了睿王爺，這到底怎麼回事？!
以庶代嫡可是死罪，且傳聞睿王是大齊最無情的冷面親王，她該如何是好啊……

未了情緣穿越再續　古今交錯情生意動／灩灩清泉

文創風 871

厲害了，娘子 下

國家圖書館出版品預行編目資料

厲害了，娘子 / 熹薇著. --
初版. -- 臺北市 : 狗屋, 2020.08
冊 ; 公分. --（文創風）
ISBN 978-986-509-128-6（下冊：平裝）. --

857.7 109009844

著作者 熹薇
編輯 張馨之
校對 王冠之
發行所 狗屋出版社有限公司
地址 台北市104中山區龍江路71巷15號1樓
電話 02-2776-5889～0
發行字號 局版台業字845號
法律顧問 蕭雄淋律師
總經銷 知遠文化事業有限公司
電話 02-2664-8800
初版 2020年8月
國際書碼 ISBN-13 978-986-509-128-6

本著作物由北京晉江原創網絡科技有限公司授權出版

定價250元
狗屋劃撥帳號：19001626
網址：love.doghouse.com.tw E-mail：love@doghouse.com.tw